白色沙灘旁的鶴龜助產院

つるかめ助産院

小川糸
李美惠 譯

開往南方小島的船緩速駛過染著淡墨色的大海。我用左手遮住陽光眺望水平線，發現有朵巨大的積雨雲在遠處的天空湧動。那下方想必正下著雨吧。那裡看起來像罩著白紗般朦朧。

這船一天來回一趟，連結本州的總站和那座小島。島上沒有機場，所以要到那個小島就只能搭這艘船了。駛離總站約三個小時之後，終於看得到目的地的小島。

小島就像長滿青苔的巨岩般整個覆滿綠林。這種地方真的有人居住嗎？我正心不在焉地想著這類事情時，船響亮地鳴了兩次汽笛，並緩緩駛近港口。

拿著行李從二樓的艙房走到甲板上。風很強，我緊緊抓著欄杆以防被吹落，然後探出身子眺望小島。船改變了行進路線，車輛、紅綠燈和倉庫等逐漸映入眼簾。這裡果然還是有人居住。應該也有小孩吧，海邊有個小小的學校。

船這邊終於拋出強韌的繩索而與陸地有了連結。延伸至港口前的路上站著看似來接家人或朋友的島民，他們因直射的陽光而瞇著眼睛，並有些慵懶似地等待著。活動式的樓梯一拿出來，有個看起來像當地人的中年婦女就快步走下船去，胸前小心翼翼地抱著一隻脖子綁著白色繃帶的貓。

小小港口此起彼落地揚起重逢的歡笑聲。然而卻沒看到來接我的人，因為並沒有人知道我要來這座小島。

下了船，穿過港口的停車場。雖然甲板上也好不到哪裡去，但是這陽光實在很強，皮膚像遭某種尖銳物連續攻擊似的。特地塞進皮箱帶來的洋傘竟然忘在本州的旅館了，真叫我後悔莫及。

不過，不知道是不是不習慣搭船而暈船了，明明想直著走，腳下卻東搖西晃的。身體一動，就越覺得噁心。雖然還不到想吐的地步，但感覺地面好像軟綿綿的，還不斷起伏。因為這樣，害我差點踩到一隻小蜥蜴。但仔細一看，那隻蜥蜴早就不知被什麼東西壓爆，都已經乾巴巴的了。

因為我並沒有任何目的地，於是就打開上船之前在總站拿的小島導覽手冊，信步前進。道路兩旁長了許多高高的植物，頂端有著很像芒草的穗。空氣本身就很濃密，似乎混雜了各式各樣的香料。每次呼吸，身體就變得更沉重。

說起來，以前也曾來過這小島。可是當時是兩個人。現在仔細回想，那是我們婚前的旅行。小野寺君說想到這裡來看看，於是就帶我一起來了。當時我的世界只有小野寺君，只要能和他在一起就很幸福，所以老實說去哪裡都無所謂。我根本沒在欣賞島上的景色，只是注視著小野寺君。繁花、綠樹和藍天全都是小野寺君的背景。

所以我幾乎完全不記得小島的事情，就連小島的名字都忘了。只記得一件事，從空中俯瞰下來小島好像是呈愛心的形狀，我就是把這情報當成線索才查到小島名字的。

一個半月前，小野寺君就像隨風消逝般失去了蹤影，也沒帶走任何東西。因為失蹤得太突然，起初我真的很擔心小野寺君是不是被綁架了。可是，找警察商量，他們卻根本不當一回事，還說附近也沒什麼交通事故。接著，我雖然很緊張，但還是試著打電話到小野寺君原本上班的事務所，這才知道小野寺君失蹤前一天回家前曾在辦公桌上留下辭呈。

小野寺君之前並沒有什麼特別奇怪的舉止，所以我完全搞不清楚自己身上到底發生什麼事。據說小野寺君也完全沒和父母親家裡聯絡。我就像被狐狸迷昏似地茫然，在家裡關了好多好多天，心裡想著他或許今天就會回來，於是就連晚上也不關燈，一直等著他回來。因為小野寺君連手機都丟在家裡，所以我跟小野寺君是完全失聯了。

小野寺君一直不回來，我漸漸受不了獨自待在屋裡，於是就抱著無法從惡夢中醒來的感覺信步離開家。起初是想說不管到哪裡去都好，但是搭電車的時候突然想去曾經和小野寺君一起去過的地方，而腦海裡最先浮現的就是這座小島。不僅如此，我還心想，說不定到了這座小島就能見到小野寺君。

回頭一看，褪色的郵筒和飲料販賣機再過去就是海。那湛藍的海水幾乎讓我的心臟瞬間凍結。這和以往常見而以為美的高樓燈光和百貨公司櫥窗的擺飾，顯然是屬於不同範疇。海水的藍就像被人加了某種能使之變藍的藥物似的，藍得都不自然了。要是把身體浸在裡面，好像連內心的皺褶最深處都將永遠被染成藍色。

我知道只要搭公車就能到最裡面的聚落去，於是頭重腳輕地走向公車站。我一直以為馬路都是鋪著柏油或水泥，腳踏車、摩托車和卡車都能順利通行。但如今踩在腳下的卻只是鋪著白砂的小路，就像沒拿尺直接畫出的直線那樣，並不是完全筆直，而且好像只能容行人通行那般脆弱。

起初我連這是不是路都無法判定。兩側綿延的是以珊瑚堆砌而成的民宅石牆，路旁兀自開著孔雀頭模樣的深橘色花朵。路面還淡淡殘留著竹掃帚掃過的痕跡。

仔細回想起來，每次出遠門旅行都是和小野寺君同行，所以這還是我第一次單獨旅行呢。放眼望去空無一人，感覺自己好像搭錯船而來到什麼陌生的國度似的。幾分鐘前還那麼受不了擁擠的人群，怎麼現在卻突然不安了起來。

突然想到自己該不會已經死了吧？這幾天簡直毫無活著的真實感。因為太久沒認真跟人說話，而且也不知道別人是不是看得到我。搞不好……突然覺得很不安，我鼓起勇氣向後轉。可是跟我所想的相反，一條人形黑影正乖乖地跟著我。原來還活著呀。

就這樣走到公車站，坐在資歷頗深的公車裡等車開動。等了將近三十分鐘，公車終於慢吞吞地開動了。

側耳傾聽其他乘客的交談聲，發現話裡多半夾雜著本地方言，但的確是日語沒錯。這裡並不是外國。我鬆了一口氣。緊張的感覺逐漸消除，我聽任窗外海風吹拂著，開始打起瞌睡。在船上也是這樣，只要一坐到椅子，睡意就瞬間襲來。雖然旅程才剛開始，但或許身體早已十分疲憊。只有睡著的時候才能忘記暈船的不舒服感覺。

途中感覺好像有人搖我肩膀，瞇著眼睛一看，窗外是一望無際的沙灘。現在海的顏色和剛才看到的又不一樣，是沉穩的淡藍色。隨著光線的增減，一部分的海會從內側瞬間發出亮光。大概因為是秋天吧，沒有人在游泳。我再次緩緩閉上眼睛。公車行駛在崎嶇的路上一路顛簸，不知為何反倒覺得舒服。

在終點下了車，再次腳步飄忽地踏上鋪滿細砂的小路。直到這時才發現自己正在進行的事情有多魯莽。不管這島在地圖上看起來有多小，其實還是很大的。但即使如此，我還是忍不住抱著一線希望。說不定轉過這個彎，就會看見小野寺君正專注看著樹上某種果實的側臉，說不定能再見到重獲生命力並恢復朝氣的小野寺君。

停下腳步抬頭一看，一隻有著漆黑色美麗翅膀的蝴蝶正停在深粉紅色的扶桑花上吸著花蜜，就像彼此相愛的兩個人閉著眼睛接吻似的。我不禁出神地看著這充滿情色意境的光景。這回如果是和小野寺君兩人一起來，不知有多幸福。

回過神來，發現自己已走到距離聚落中心相當遠的地方了。這裡和剛剛下公車那附近的氣氛顯然大不相同。只有茂盛的植物而沒有人居住的跡象，四周一片死寂。腳下處處散落著肥厚而呈橢圓形的樹葉。兩側路旁是高聳的大樹，已形成隧道似的模樣，因此雖是大白天，這裡卻仍有些陰暗。陽光從樹葉之間灑落，看起來好似星象儀。這時，腳下突然有人說話：

「妳是來找流浪嗎？」

我把視線轉回下方，發現有個女人正抬頭望著我。年紀大概五十歲左右吧。她坐在洗澡用的那種塑膠小板凳上，好像正縫著什麼東西。

流浪？

可是又覺得她這話不太像是指真的流浪。我不知該如何回答而不知所措時，她又開口了。

「我以為妳是要來『流浪小吃』拉麵店啦。沒頭沒腦這樣問妳真不好意思。那是我好朋友小肇開的店，最近好像因為有電視報導所以一炮而紅，聽說專程為了流浪而到這島上來的人越來越多。不過那地方不太好找，所以很多人都迷路走到這裡來了。如果妳要去的話，我帶妳去，因為有近路。流浪的每一道菜都絕頂好吃喲！」

她親切地告訴我，就像對熟人講話似的，然後仰著頭朝素未謀面的我爽朗一笑。

她臉上完全沒化妝，皮膚閃著黝黑的光澤，我突然想到拉麵上的滷蛋。花白的長髮梳成兩條辮子，底下穿著農婦穿的那種花褲，上身穿著許多碎布拼接做成的和服模樣的獨特衣服。

「要去看看嗎？」

大概是因為我沒立刻回答，她又問了一次，所以我客套地小聲回答：

「不，不用了。」

因為我不想在南方小島吃拉麵，而且我剛剛暈船根本沒胃口。不過既然都碰到當地人了，就想問問這是哪裡，於是從口袋掏出小島的導覽手冊和筆。說時遲那時快，一團黑色的東西突然朝我們衝了過來。是隻一如黑夜般純黑的大型犬，很親人。

「喂，啾噗，這是客人，要當好朋友！」

她一邊摸著名字應該是叫啾噗的狗，一邊充滿威嚴地訓斥牠。

大概還是隻小狗吧，看起來好像太過朝氣蓬勃。牠把兩隻前腳搭在我大腿上，開心地用力搖尾巴。我蹲下來靠近牠，立刻聞到動物特有的那種汗臭味。一和牠四目相交，就湧上一股好似與懷念老友重逢的感覺。

「啾噗。」

我也這樣叫牠，同時摸摸牠鬆弛的下巴。啾噗拚命把牠長長的舌頭伸到外面，要我再撫摸牠。我正想問問這隻狗幾歲時，又是和剛才一樣的情形，但這回是一個身材很好的年輕女孩從後面蹦了出來。

「鶴龜老師，午餐都要涼了啦！」

她邊跑邊這樣大喊。女孩身上穿著設計合身的越式旗袍，那是越南傳統服裝。衣服有時會捲起來，整個肚臍都露在外面。

「我立刻過去。」

那位女士接著轉向我說：

「要不要來我家一起吃午餐？反正今天是午餐餐會，菜很多。『流浪』也很好吃，不過香菜小姐做的菜也絕不遜色！」

接著又朝我爽朗一笑。可是，對這突如其來的提議我實在沒法立即回答。

其實我想吃的不是飯菜而是胃藥。更何況，竟然還要和不認識的一群人一起吃午餐，光想到這點我的胃就越來越難受。可是這種時候該怎麼拒絕我真的不知道。不管什麼情形，與其拒絕，我總是選擇接受比較省事。自懂事以來我就學會這樣了。但現實問題是我不知何去何從。就連要休息一下，別說咖啡廳了，這島上連一家食堂也見不到。更糟的是，現在離回程船班的開船時間還很久。說不定可以要點胃藥。

「不會麻煩嗎？」

我窺伺著她的表情，同時小心翼翼地問。

「一點也不！來，我們快走吧，免得飯菜涼了。」

說著又像朵大向日葵花似地笑了。她一笑，就連原本趴在地上舒服打著盹的啾噗都受到感染似地滿臉笑容。

我完全無法了解，為什麼叫一個素未謀面的陌生人到家裡吃午餐會這麼開心。但眼前這人每次一笑，就彷彿把原本髒兮兮的日光燈擦過一遍，當下的氣氛一次比一次開朗。我沒來由地突然想哭，因為實在已經好久沒有人這樣對我笑了。

我拚命把上湧的感動壓進心底，同時緩緩站起身來。果然，不舒服並不是我心理作用，起身的瞬間也覺得有些暈眩。

她也站起身來，爽朗地用力拍拍屁股。她很矮但骨架挺直，有點像穩穩在地面紮根、茁壯生長的植物。說不出是為什麼，讓我想到印地安人。

直到這時我才發現就在她身後有根門柱，上面釘著寫有「鶴龜助產院」的小小門牌。她大概是發現我的視線吧，用抖擻的聲音說：

「我就是這家助產院的院長鶴田龜子。『鶴龜助產院』聽起來是不是感覺會很賺錢？」

怪不得剛才穿越式旗袍的人喊她老師。聽她這麼一說，我才發現她的確一副醫師風采。老師望著我，臉上浮現「你叫什麼名字」的表情。

「我叫小野寺瑪莉亞。請多指教。」

我的聲音果然有些緊張。但幸好沒被繼續追問，我放下心跟在老師後面走進鶴龜助產院。從後面看起來老師的背有點駝，好像真的龜甲。

不可思議的是，一踏進鶴龜助產院的庭院，就感覺空氣也隨之輕鬆了起來。總覺得整個庭院洋溢著一種又酸又甜的水果香氣，而且還有不知從何處不斷吹來的和風，彷彿用手輕輕推揉著我似的。庭院中有小溪和池塘，池塘裡開著淡紫色的睡蓮，簡直就像故事中的桃花源。

感覺像誤闖世外桃源，我驚訝地環視周遭，這時老師又以響亮的聲音為我說明：

「我呀，希望將來能把這裡打造成全世界最舒適的助產院，雖然目前現實尚未趕上理想。」

她並不是對著我說的，彷彿是對著周圍茂密的樹葉、美麗盛開的花朵和飄盪在天空中的白雲公然宣布似的。

從入口開始不知道走了多久，終於看見後方那棟漂亮的兩層樓建築。這建築物應該就是鶴龜助產院吧。白色牆壁之上覆著紅色屋瓦，上面站著面帶可愛表情的動物裝飾，那姿態就像在伸懶腰似的。本來聽到助產院還以為會是類似醫院的建築物，沒想到實際上卻和一般民宅沒什麼兩樣。門口掛著暖簾似的純白色布簾，正迎風輕柔地飄搖。

我緊張地走進屋內，發現微暗的入門處散置著許多橡膠鞋，其中還夾雜著小孩的小涼鞋。沒鋪地板的部分很大，一角放著像是從前農務用的鋤頭和齒輪之類的東西，裡面還看得到一口古井。

率先進屋的老師豪邁地赤腳走在走廊上，同時對某人大聲說：

「多一個人用午餐，幫我多準備一個位子。」

我正不知所措時，剛才那個穿越式旗袍的人好心到進門處來招呼我。

這人就是香菜小姐嗎？她並不是因為愛漂亮而穿著越式旗袍，這從她說話的獨特腔調就知道。她身材高䠷、五官端正，很漂亮，整個人散發著優等生的氣質。

我有些遲疑，但還是脫下涼鞋。香菜小姐帶我走到食堂，各色各樣的人都已就座，飯菜也都擺好了，正等著我就座。

我盡量不跟任何人視線接觸，拘謹地坐到位子上。長方形的大餐桌上墊著一個手工製、中華料理店用的那種轉盤，上面擺著許多美味佳肴。總共大概有二十個人左右吧。年輕人、上了年紀的人、女人、男人、小孩、嬰兒。乍看之下是一群和分娩完全扯不上關係的人。我一就座，大家就一同將雙手合在胸前大喊：「開動！」

坐在我正對面的香菜小姐特別為我說明菜色。

「從這裡開始依序是椰漿咖哩炒蝦、海藻煎蛋、涼拌羊栖菜、香煎秋葵。還有，今天還準備了清爽的越南河粉。我在果園拔了很多酸桔，所以請擠多一點。河粉也還有很多很多，請盡量添。至於蝦子則是長老用魚網幫我們抓來的。」

語尾使用客套說法感覺像是外國人，不過她的日文卻說得很好。聽到她說的話，年紀最小的一個光頭男孩就雙手合十仰頭大喊：「阿彌陀佛。」老師也大聲地反覆唸誦：

「阿彌陀佛、阿彌陀佛。」

坐在我旁邊的小個子男人想必就是香菜小姐口中的長老吧。聽到香菜小姐的說明後，他瞇著眼睛開心地告訴我：

「昨天抓到好多蝦子呀。」

然後，坐在我斜對面的微胖男性就說：

「長老，這蝦真好吃呀。」

他的眼鏡已因蒸氣而起霧，但仍豪邁地大口塞進嘴裡，邊嚼邊哈出熱氣。

「沙米，嘴裡有東西的時候不要說話！」

坐在主席位上的老師遠遠地提醒他。「就是嘛，就是嘛。」香菜小姐也同意。

「媽，幹嘛老是罵我啦。」

他嘛起嘴一本正經地向老師叫屈。我一時以為他之所以喊她「媽」是因為他們是母子，但又覺得似乎有些不對勁。

這就是剛剛老師口中的「午餐餐會」，這頓中餐的熱鬧程度甚至是我至今從未體驗過的。笑聲不斷，在座所有人都面帶笑容享用，看起來很幸福。又不是說非得趕快吃否則食物就會跑掉，但不知為何大家都馬不停蹄地把食物送進嘴巴，好像一直追著轉盤上逐漸遠去的菜肴跑。我想起以前看過的義大利電影中的喜宴場景，明明只是吃東西，卻充滿活力。

看著色彩繽紛的大盤菜，我也有了胃口，雖然只是一點點。桌上的菜肴就像顏料打翻似的，又紅又綠，十分鮮豔。周圍的人都把菜夾到自己的小盤子，我看了也伸出筷子去夾椰漿咖哩炒蝦。

因為無法想像椰漿和咖哩的組合，又怕萬一口味不合不敢吃那就不好意思了，所以只夾了一隻小小的蝦。這時，我和剛才被罵的男性視線交會了。我一時不知如何是好，嘴裡含著食物的他又主動開口說：

「我姓淺見（Asami），大家都叫我沙米。」

我不知道該如何回答，只好輕輕點個頭。老實說我並不喜歡初次見面就表現得好像跟我很熟的人。尤其當對方是男性的時候，我會格外防備。

提心吊膽放進嘴裡的蝦子其實味道很溫和。本以為咖哩應該會很辣的，真是讓人跌破眼鏡。別說辣了，根本是甜的。不過偶爾還是會感覺到刺激的辣味，所以吃得出來是咖哩。蝦殼很軟，從頭到尾整隻都可以吃。因為大盤子裡還剩下很多，我鼓起勇氣又夾了一隻。這回選了一隻沾滿橘色醬汁的。淺綠色的葉子黏在醬汁上一起跟了過來。我正一邊咀嚼一邊細細品味生平第一次吃到的椰漿咖哩炒蝦，長老微笑地盯著我問說：

「好吃吧？」

這時我不禁失神地望著他的嘴。他的牙齒幾乎全掉光了，簡直就像臉部下方有個窟窿似的，所以光是看著他的臉就差點笑出來。

我為了掩飾，趕緊點點頭。但長老本人看來完全沒放在心上。周圍的人都叫他長老，所以我以為他年紀應該很大，但身穿上面寫著「NO WAR」螢光粉紅色T恤的長老怎麼看都只有五十出頭。

我以前老是吃冷凍食品或超市的便當，但也發現今天吃的椰漿咖哩炒蝦和那些東西好像有些不同。真懊惱沒法清楚說出到底哪裡不同，但真的是不一樣。海藻煎蛋、涼拌羊栖菜和香煎秋葵也都嘗了嘗，果然所有的菜都不一樣。我應該也曾在超市和超商買過類似的菜來吃。這不是假的食物，吃得出食物本身的真實味道。

更有趣的是，桌上的每道菜上面都灑了香菜，幾乎讓人驚呼：「連這也要灑嗎？」原來如此，怪不得她被稱為香菜小姐，我嚼著大量的香菜的同時也恍然大悟。其實以前要是沙拉上面被灑了香菜，我吃的時候一定會刻意閃過那個綠色植物。是那個味道吧？我受不了那股腥臭的味道。儘管如此，不知為何，在這南方小島吃的香菜卻不會讓我感到痛苦。大概是嫩芽吧，葉子很嫩。那種獨特的香氣在口中輕柔地散開，真的會讓人上癮，就像一陣涼風吹拂過身體一樣。香氣不至於太嗆又很清爽，所以再多都敢吃。

我明明身體不舒服，卻不知不覺一直伸手去夾菜。香菜小姐口中的越南河粉是清湯麵，清爽而明顯帶著酸味的湯頭輕柔地滲進細胞與細胞之間，蛤蜊煮出來的高湯清淡而澄澈。換作是平常，我一定會嫌麻煩而留下絕大部分的蛤蜊不吃，但我現在卻把整顆蛤蜊塞進嘴裡，就連緊緊黏在殼上的貝柱都不放過。裝在大碗裡的湯已經一滴不剩。

「吃飽了。」

我無意識地低聲這麼說。

或許是太久沒好好吃頓飯了，肚子開心極了。暈船的不舒服也不知不覺消失了。明明是和素不相識的人一起吃飯，卻不僅不緊張，甚至是完全放鬆。感覺真是賺到了。

吃完飯後，大家把用過的餐具放進水槽。這時老師被剛才大喊「阿彌陀佛」那個男孩以職業摔角的招數攻擊，但她仍大聲對我說：

「瑪莉亞將，喝點茶休息一下之後，可以到診察室來嗎？就在走廊盡頭最後一間。」

我真羨慕老師可以在初次見面後就立刻在對方名字後面加上「將」來稱呼。要是我的話，少說也得花上一年，才能把我和對方之間的距離縮短到那種地步吧。

我和留在食堂的眾人一起喝了飄著茉莉花香的熱茶後，就到診察室找老師。

助產院的走廊擦得亮晶晶的，甚至還閃著黑色亮光，腳底涼涼的，感覺像被吸住似的。走廊沒裝窗玻璃，可以直接看到整個中庭，那裡也茂盛地長著充滿南洋風情的大葉片植物。還有幾棵木瓜樹，綠色的果實累累。陽光就像蓮蓬頭灑下的水一樣慷慨地呈細線狀灑落。

走到診察室發現門已經打開了，老師坐在裡面的沙發縫東西。我輕輕敲了敲開著的門。

「請進。進來後請把門關上。」

大概是很專注在手邊的事吧，老師一直低著頭，只是輕聲這樣說道。

這是兩個房間打通的大房間。到底有幾張榻榻米大呢？正中間可以拉上紙門隔開。老師所在的靠外面這間是地板房間，裡面那間則是榻榻米房間。榻榻米房間有個從天花板垂下來的粗繩，一角有個地爐。我以為助產院就是生孩子的地方，可是卻看不到任何醫院診察室該有的醫療器具，就連分娩臺都沒看到。

「那邊的榻榻米房間就是生產的地方。孕婦就抓著那條叫作產繩的粗繩生寶寶。不過這裡還有其他能夠生產的地方，所以孕婦可以自己決定要在哪裡生。偶爾也有人說想到海邊生。」

老師一邊為長方形白色抹布似的布縫上紅線，一邊斷斷續續說著。

完全敞開的窗外到處都是濃密如叢林的樹木。偶爾會有飄著濃郁泥土香氣的涼風吹進來，垂掛在緣廊的風鈴就發出沁涼的響聲。就在這時，遠方突然傳來雞啼的聲音。

不過我感到心情平靜的時間極短，便突然害怕說不定會有什麼怪事發生在我身上。素不相識的人對我那麼親切，依正常推論應該不可能，不是嗎？只是，即使想逃出去，在我跑到大門之前也一定會被抓住吧。

正當我想著這些不好的事情時，老師任憑眼鏡滑落鼻尖，抬眼看著我說：

「瑪莉亞將，可以請妳到那邊的床上躺一下嗎？」

事到如今也不能怎麼樣了。我心裡如此覺悟，提心吊膽地躺到床上。

我看到安裝在天花板的木製吊扇緩緩轉動。牆上掛著一幅大匾額，上面以強勁有力的筆跡寫著「一產一會」。旁邊貼著許多紙鈔似的東西，仔細一看，原來每張紙上寫的好像都是人名。說不定這裡真的是什麼奇怪的宗教團體。老師對身體越來越僵硬的我說：

「那叫命名紙。是在這裡出生的嬰兒名字。」

我還是第一次聽說有命名紙這種東西。紙上寫著各種名字，其中甚至還有怎麼看都不會唸的名字。

老師走到我身邊說要稍微摸摸我的肚子，說著便解開我牛仔褲的扣子並拉起褲腰，然後把手平伸進去。我以為會很冰，但老師的手一點也不冷，反而熱熱的，很舒服。就在這一瞬間，幾分鐘前的不安倏地融化了，變得想深深吸氣。老師微妙地移動手掌的位置，同時仔細觸摸我的下腹部。

「第一次到這島上來嗎？」

「不，是第二次。」

我老實回答。不知道為什麼，只要一直仰頭看著天花板，即使說到自己的事情也不會緊張。更重要的是，老師手掌的觸感很舒服，真希望肚子被多摸幾下。她的手就像我身體的一部分似的，和我的肌膚柔順地貼合。

「獨自旅行？」

「呃……」

「結婚了？」

「結婚了，可是……」

接下去因為沒辦法順利說明而支吾其詞。我閉上眼睛，但即使如此，光線還是穿過薄薄的眼皮射進眼睛，眩目得幾乎令人不耐。外面好像在開鳥類演唱會似的，不同音色的鳥鳴聲從四面八方傳來。我突然不知道自己如今身在何處。

過了一會兒，老師把手從我的肚子拿開，將褲腰恢復原狀，然後靜靜地問我：

「妳最後一次生理期是什麼時候？」

「我的很不規律。有時候一個月竟然兩次，但又可能突然三個月沒來。」

「這可是妳自己的身體喔。仔細想想看。」

「好像是盂盆節過後吧……」

那時是小野寺君行蹤不明之前，兩人同住在市內一角的大樓中的一個小房間。明明距今還不到兩個月的時間，卻像是遙遠的記憶。現在真不敢相信小野寺君竟然曾和我住在同一個屋簷下。

「那麼來算算看。懷孕是以最後一次月經的第一天當成零週零日算起，所以從那時開始，零、一、二、三、四、五，現在剛進入第六週對吧，妳肚子裡的孩子。」

「啊？」

這時我忍不住張開眼睛瞪著老師，但後面的話卻接不下去。接著突然想起那天晚上的事，那是小野寺君失蹤的前夕。因為小野寺君失蹤實在太令我震驚，所以我完全忘了這回事。

「就算妳名叫瑪莉亞，也不可能說『不記得有那回事，我是處女懷孕』吧。想起來了嗎？」

這下子換作老師湊上前來凝視著我。感覺就像活生生被緩緩沉入無底深井的最深處，亮光越來越小、越來越遠，呼吸很困難。老實說不知所措的比例大些，高興之情可說連一丁點都沒有。這應該可以從我的表情讀出來吧。

「瑪莉亞將。」

老師緊盯著我的眼睛。但我完全不知道要說什麼、該怎麼說才好。

不安的情緒如潮水般湧來。不知道為什麼只有左眼淌下一行淚。既不是悲傷、憤怒、絕望，也不是喜悅，而是無以名狀的淚水。大概是在說我這種人怎麼能夠生孩子吧。

「突然聽到自己肚子裡有了寶寶，任誰都會嚇一跳吧。因為大家不全是希望懷孕而懷孕的。只是，如果要生的話，就要從現在開始過著規律的生活。雖然寶寶身體還只有咖啡豆大小，但已經開始發育了。但要是不生的話，就盡快離開島上，到醫院去尋求適當的處置。這裡是助產院，所以那種事我們完全幫不上忙。不過，要是還不能決定的話……」

「不能決定的話怎麼辦？」

好不容易說了出來，話聲卻很無力，連自己也覺得驚訝。老師定定地看著我的眼睛繼續說：

「那就靜下心來想想，對自己而言，怎麼做比較沒有壓力。腦子裡不能想東想西的，用本能去感覺，因為人類也是動物。對瑪莉亞將而言，究竟怎麼樣比較幸福？這得要妳自己決定。」

老師接著拉起我的雙手，示意要我上半身坐起來。我一直覺得暈船，難道是因為其他原因嗎？我的身體裡有了小野寺君的分身，我真不敢相信這個事實。自從小野寺君工作開始忙碌以來，就一直沒做會生小孩的事情，所以我壓根沒想到自己會懷孕。

「不過，不管怎麼說，就先吃木瓜吧。」

彷彿想趕走現場的凝重氣氛似的，老師突然以充滿陽光的語調大聲說。

「木瓜？」

「瑪莉亞將，因為妳便祕很嚴重呀。有些人懷孕時會因為黃體素分泌過剩而排便不順，但瑪莉亞將的情形也實在太嚴重了。這樣下去妳應該會很痛苦。」

「是這樣沒錯……」

已經好多年三餐不正常，一個禮拜沒上大號也已經習以為常了。

「這是自己的身體不是嗎？一定要好好傾聽身體的聲音呀！」

可是突然聽到這些，一時也無法順利想像身體在說話。究竟該怎麼活用自己的本能呢？真希望能從基本方法開始教我。

我小心翼翼地試著把左手放在肚子上。和小野寺君結婚的時候明明那麼想要孩子的。明明是好不容易才獲賜的生命。明明是夢寐以求的願望實現了。要是在那時候被告知一定很高興，但現在卻無法單純地感到高興，我對自己實在感到懊惱。

然後，沒多久就得知傍晚應該從島上開出的船班停駛的消息，我本來是預定搭那艘船回本州的。當我回到吃飯的那個房間，有些依依不捨地瀏覽著書架上的書名時，正好聽見村內放送的喇叭在廣播說船班停駛。好像是因為南方海面發生颱風的影響，近海的浪太高導致船無法在總站靠岸。

現在這種時候，這是玩笑話吧？外面明明是穩定的好天氣呀。可是要回本州就只有那個方法，所以也就是說我沒法離開這小島一步，注定要被迫留在島上了。

我想不管怎麼說，總要先確定找到今晚可以住下來的地方，於是打開手機。可是竟然沒有訊號，打不通。完成廚房善後工作的香菜小姐正躺在屋外的吊床上睡覺，看起來很舒服。老師在為我診察之後就出了門，不知上哪裡去了。剛才一起吃午餐的人也不知道什麼時候全消失了。繼續這樣待在這裡大概也不是辦法吧。我立刻拿著自己的行李衝出鶴龜助產院。

我決定無論如何先到剛才下公車的地方瞧瞧。可是大概是太急了吧，右腳和左腳真的就像打結似地纏在一起，連路都沒法好好走。懷孕的事情，我決定目前先不要多想。雖然不是不相信老師，但仔細想想，她又不是通靈者，沒做任何檢查就知道肚子裡有寶寶，這件事本身就很怪吧？

我回想著來時的路，終於走到看得見公車站牌的地方，這時身後突然傳來汽車的喇叭聲。我焦急地心想「正趕時間的時候還這樣，真煩」，但還是轉過頭去。一部綠色的小轎車停在那裡，車身上以粗馬克筆塗鴉似地畫著鶴和龜。我心想：「該不會……」這時老師的頭突然從駕駛座的窗戶探了出來。

「瑪莉亞將，妳是競走選手嗎？」

我一頭霧水。老師又以一派悠閒的語氣輕鬆地說：

「妳那樣神色慌張走在路上，島上的人看到會嚇一跳啦。還是說妳尿急？」

我為了阻絕這氣氛，一口氣說：

「回程的船班停駛了，我得趕緊找到今晚落腳的地方，手機偏偏又沒訊號打不通，所以我想直接到旅館去問問看。」

我說到後來越來越緊張，心臟都快跳出來了。但老師卻露出不以為然的表情。

「什麼嘛，是這種事？不過這一帶的旅館是不接待當日直接過去的客人的。更何況現在是颱風季節，船班取消這種事尤其常見，觀光客安排行程的時候一定要預留充裕的時間呀，妳說對吧。」

說著還「哼哼」地笑了笑。本來想糾正她自己並不是單純的觀光客，但眼下也管不了這麼多了，因為老師根本一點也不了解我的焦慮。就在我們交談的這段時間，說不定和我一樣被困在島上的其他人就會搶先預約旅館的空房了。

「不過我還是要去問問看。」

我態度堅定地說明自己的想法。這島上的人實在很悠閒，我雖然很羨慕，但也讓我一肚子火。這時老師又不置可否地說：

「瑪莉亞將，如果妳一定要住旅館，去試試看當然也好啦，不過我這裡不管是一個人、兩個人，再多人也住得下喲。」

「咦？可以讓我住在助產院嗎？」

「當然呀，所以我才這麼說的。重點是，趕緊上車來吧，後面有羊咩咩來了。」

聽她這麼說，我轉過頭去，果然看到有隻母山羊帶著小山羊已經走到很接近我的地方了。乳房腫脹的母山羊身後跟著白色、咖啡色、灰色三隻腳步踉蹌的小山羊。我聽老師的話趕緊坐進前座。

我到底在做什麼啊？本來應該是來找小野寺君的，回過神來卻發現自己身在助產院。讓我住下來的確令人感激，能在有屋頂的安全場所裹著棉被過夜也是高興都來不及了，可是萬一明天船班也取消的話該怎麼辦呢？留下現金致謝這樣做好不好呢？腦海裡全是這些迷亂的疑問。打從剛才起，我就嘆了好幾次氣。早知道會這樣，就不要到什麼南方的小島來了。反正也找不到小野寺君。

正當我邊想著這些事情，邊用水沖著大家晚餐用過的餐具時，庭院那邊傳來啜泣般的聲音：

「老師，老師。」

我納悶地走到外面一看，一個用雙手從下面捧住大肚子的中年女性帶著孩子們站在那裡。偶爾還以非比尋常的表情告訴我她有多痛苦。

「我立刻去叫老師來！」

我慌慌張張地跑向老師所在的診察室，這位女士恐怕是誤把我當成這裡的職員了。我急忙忙跑去，希望早一秒鐘通知老師也好，可是好不容易才出現的老師看見那位女士卻還優哉游哉地說：

「菜菜子女士，已經第四個了，看來快生了喔。」

接著問我：

「妳見過分娩過程嗎？」

我說沒有，她又迅速補充說：

「想看的話，何不拜託菜菜子女士看看？」

從以前我就很怕看見血和內臟。小學解剖青蛙時，我也是半途覺得不舒服就去保健室了。這樣的我當然不敢看人分娩的那一幕。可是又沒法直截了當拒絕，於是就順勢點了點頭。

老師叫我先去洗澡，我沖完澡後就走向「包」。所謂的「包」好像是鶴龜助產院生產專用的小屋，遠看形狀真的就像游牧民族蓋在草原上的帳篷，是個圓錐形的白色建築物。菜菜子女士的產程應該已經開始了吧？就連外面都聽得見她「嗚——」的呻吟聲。

推開小小的門走進裡面，中央有兩根撐住屋頂的粗柱子，地面上直接鋪著草席。沒有電，油燈從天花板垂掛下來，老師和香菜小姐分別戴著頭燈。菜菜子女士帶來的三個小孩也已經和菜菜子女士一起進到「包」裡。

總之，為免礙手礙腳，我縮到入口處對側的最裡邊，抱著雙腳膝蓋坐著。今天午餐坐在我附近的一位名叫艾蜜莉的婆婆也趕來了，所以是老師、香菜小姐和艾蜜莉三人聯手助產。艾蜜莉好像打從以前就是島上的產婆，是退休的助產師。

每當陣痛襲來，菜菜子女士就站起身來，以拳頭「咚咚咚」地敲打「包」的牆壁和中央的柱子。起初不斷嘹亮高喊「媽媽加油——」的孩子們也逐漸不再接近菜菜子女士，或許是覺得恐怖吧？起先是一個、兩個……等我發現的時候，我這邊已經躲著包含我在內的四個人，且個個都縮得像湯圓似的。有一隻不知道誰的小手還緊緊握住我的手指。

連我也覺得再不和誰緊緊握著手就會受不了。菜菜子女士大概是太痛了吧，開始發出不似這人間應有的恐怖聲音，她邊流淚邊說：「好難受，好難受，好痛，好痛，誰來救我呀！」和剛到鶴龜助產院時的她簡直判若兩人。那模樣根本是野生動物。我真擔心她不知道什麼時候會抓狂。可是雖然菜菜子女士的動向如此難以預料，老師只是繼續一個勁地摩挲著她的身體。

「很痛喔，很難受喔，不過不要緊，馬上就好了。」

菜菜子女士的年紀看起來和老師差不了多少，但老師對她的態度卻如母親溫柔庇護著女兒那般。所以也許就是這樣，今天午餐的時候，被喚作沙米的那位男性才會喊老師「媽」。

孩子們終於枕著我的大腿睡著並發出規律的呼吸聲。才三、四歲左右的最小女兒安心地躺在我左右腳之間的縫隙，正好填得滿滿的。大概是因為氣溫比白天低了吧，感覺孩子們的體溫有些溫暖。彷彿被我抱在懷裡的小女孩臉上是完全放心的表情，半張的嘴角還淌著口水，好像睡得很舒服。我也因為今天一天之中發生太多事情，所以也累了，眼皮漸漸重了起來。

心裡惦記著絕不能睡著而努力撐開眼皮，可是眼前一下子就黑了。「包」的牆上沒有時鐘，所以不知道究竟是睡了兩、三分鐘還是幾個小時。

突然一聲響亮的尖叫，讓我醒了過來。我嚇得張開眼睛，看見雙腿張得很開並以膝蓋跪立著的菜菜子女士正緊緊抱著艾蜜莉的腰喘氣。老師和艾蜜莉也像在拚命。接著，正感覺情況好像跟剛才有些不同的時候，菜菜子女士的屁股下方已經探出一顆嬰兒的頭。我是在老師掀起菜菜子女士身上那件長袍下襬時看見的。

嬰兒呈倒栽蔥的狀態，並把臉朝向我們這邊。雙眼緊閉，感覺有點像把棉被裹到脖子上睡覺的樣子。看得出黑色的頭髮溼潤地閃著光澤，就像「母親」這種樹所生的果實。我突然想起白天在鶴龜助產院中庭看見的那棵木瓜。

我想還是告訴孩子們比較好，於是依序湊上前去看看他們三個的臉，沒想到除了最小的女孩之外，個個早都瞪大眼睛專注地盯著即將生出來的寶寶。

「菜菜子女士，寶寶的頭已經出來了喲。」

老師指引菜菜子的指尖伸向大腿，讓她摸摸寶寶的髮漩一帶。

身為母親的菜菜子女士大喊，老師也大聲鼓勵菜菜子女士，然而身為主角的寶寶卻十分鎮定，臉上浮現已臻開悟境界的佛陀表情，好像正心平氣和地等待自己誕生的瞬間。

「寶寶也在努力喲。來，再一次，用力！」

菜菜子女士配合老師的指示全身使勁。幾秒鐘後，嬰兒就滑溜溜地滑下來了。其實只是一瞬間的事情，但在我眼裡看起來卻如慢動作般清楚。老師以雙手慎重地接住脆弱的小小身體。

「恭喜！」

她立刻把軟綿綿剛出生的嬰兒讓菜菜子女士抱在胸前。微暗的光線下，我看見臍帶像河流一樣閃著白色的光輝，回過神來才發現自己不知為何竟流著淚。孩子們也一樣邊哭邊拚命擦掉淚水。

「謝謝您為我平安接生。」

我聽見菜菜子女士平靜地說。菜菜子女士的容貌已完全恢復人類的模樣。不知道什麼時候，年紀最小的女孩子也醒了，孩子們全聚集到母親的周圍。大家瞬間都成了寶寶的俘虜。

為了不打擾他們的家族時間，我悄悄鑽出「包」外。心裡逐漸擴散的、像微甜糖水似的，究竟是什麼東西呢？我不明所以，抬頭望著天空，發現皎潔的月亮正如手電筒般照亮著夜空，形狀近乎完美的圓。說不定今晚是陰曆十五。樹葉沐浴在月光下，朦朧地浮現在黑暗中。

突然想起來，便試著把手掌貼在肚子上。真的有了嗎？有的話就給我個回答吧。我試著這麼問，但卻毫無反應。感覺好像有，又感覺好像空無一物。「包」裡傳出剛剛誕生到這人世來的嬰兒微弱哭聲。

結果，隔天，甚至再隔天的船班都取消了。好像是連續虧損的船公司不太想出航，一發現有天氣惡化當理由就立刻判斷應該停駛。我還是待在鶴龜助產院裡。

沒事做太閒，而且也不好意思，所以我主動挑起自己應該可以勝任的洗衣服工作。只是這跟我和小野寺君兩人一起生活的時候不同，鶴龜助產院待洗衣物的量真是驚人地大。尤其是住院的母親和嬰兒每天都有堆積如山的換洗衣物。生孩子這件事當然產前也很辛苦，但據說產後更辛苦。

我站在堆積如山的衣物前不知所措時，香菜小姐好心地教我晾衣服的方法，因為衣服很多，所以晾衣服必須講求效率。我邊晾著尿布、紗布和睡衣，邊和香菜小姐聊天。

香菜小姐是來自越南的研修生。因為看起來一本正經，我還以為她年紀一定比我大，沒想到她說跟我同年。她說她在日本的護理學校取得護理師資格後，就到鶴龜助產院來累積經驗，直到可滯留日本的期限結束。

「因為我媽媽在生我弟弟的時候過世了。」

沐浴在明亮陽光下的香菜小姐毫不哀怨地脫口這麼說。「媽媽」這個我世界裡沒有的詞在我心裡甜蜜地迴盪。香菜小姐說她的母親被注射了大量的催生針，子宮因此破裂而喪命，這就是她一直想當助產師的原因。

「在越南，生孩子幾乎都是機械式地在醫院進行，生產的場所根本沒有其他選擇。聽說現在日本百分之九十九的孕婦是在醫院生產，但也還有其他選擇，在這種助產院或是在自己家裡。所以我希望能盡量減少我母親那種悲劇，希望有一天也能在越南經營日本這種助產院。」

聽到她這番話，我心裡不禁尊敬起香菜小姐來了。因為她大概和我一樣年紀，但截至目前為止我卻只知渾渾噩噩過日子，我們兩人的人生內涵實在有如天壤之別。遭遇傷痛卻不逃避而依然勇往直前的香菜小姐實在出色。

兩人同心協力下，衣服一會兒就晾好了。

「Cảm Ơn。」

香菜小姐望著成排晾得整整齊齊的衣服輕聲說。我以為她說的是「Came on」，是叫我跟她去哪裡呢。

「呃，我剛剛說的是越南話，是『謝謝』的意思。重要的事情若不用越南話說，總覺得無法表達自己的心意。」

香菜小姐有些害羞地縮著肩膀輕聲笑了。

「Cảm Ơn。」

我也試著學香菜小姐說了一遍，但總覺得發音有點不太像。香菜小姐又慢慢說了一次「Cảm Ơn」。

「謝謝！」

我也用自己的語言重新說了一遍。香菜小姐把她自己的身世告訴我，我覺得兩人的心彷彿已藉由透明的手彼此交握過了。可是我卻無法那樣輕易地說出自己的祕密。到底要怎樣才能把自己的悲慘命運告訴香菜小姐這麼開朗的人呢？光是想像要把那些事情告訴別人，我的心臟就開始難過起來。就連對小野寺君我也還沒辦法說出事情的真相。

衣服成排地晾在綁在樹與樹之間的長繩上，看起來就像萬國旗似的。一照到光線就發出銀色的光輝，看在眼裡真舒服。洗了晾開，乾了就收起來，疊好再送回原來的地方。即使是這麼簡單的事情也讓我覺得自己已加入鶴龜助產院的營運工作而感到驕傲。

有時候雖然會咻地颳起強風，但在島上根本就感受不到什麼颱風的感覺。可是不管我有多焦急，只要船不開我就沒法返回本州，所以我也就變得不焦急了。總之就是只能順其自然。更何況又沒人在等我回去。再說，島上的小商店看來是沒賣驗孕棒之類的東西，所以一切只好等離開小島再決定。在那之前就暫時按住保留鍵。

傍晚我坐在緣廊疊著晒乾的衣物時，老師來了，然後把手放在我的肩上。這個小動作讓我嚇了一跳，忍不住「哇」了一聲。打從以前，不管被誰碰到身體我都會異常緊張，小野寺君是唯一例外。但老師卻對我如此反應毫不在乎，一邊嚼著個頭稍小的香蕉，一邊悠哉地問我：

「乖乖吃木瓜了嗎？」

「不，還沒。不知道那裡有賣……」

我這才驚覺自己已經把木瓜的事情澈底忘得一乾二淨，一時支吾其詞。

沒想到老師卻理所當然似地說：

「那種東西不用到水果店買啦，那邊不是長了很多？重點是，島上根本就沒有什麼水果店！」

老師臉上照例浮現陽光般燦爛的微笑。老師接著消失了一會兒，不知到哪裡去，回來時手上拿著一張紙。

「來，這是鶴龜助產院的手繪地圖。雖然很簡略，不過妳可以帶著這張地圖自己去採木瓜回來。我住的小屋在這邊，屋旁那棵樹上有幾顆正好成熟的。要是看不懂的話，就到海邊去看看，現在這種時間沙米應該在淨灘。還沒黃的不能採喲。好好聞聞味道，選幾個散發甜香的回來吧。有些地方不好走，要小心點。」

接著拿出她個人的雨鞋給我。我從本州穿來的涼鞋感覺不太可靠。

我趕緊把晒乾的衣服全部收進來，然後穿上雨鞋拿著地圖出發了。老師說這地圖有些簡略，但圖上卻仔細地畫著鶴龜助產院的模樣。除了稱為母屋的助產院主建築物，其他還有菜菜子女士在裡面生產的「包」、田地和果園等，整個不知道有多大。樹林後方還有個怪怪的地方，還特別註明是「隱密小屋（酒吧）」。

往海邊走去的路上綠蔭越來越濃，就像走在幾乎完全未開發的大自然裡。巨大的樹葉擋住去路，腳下盤踞著無數錯綜複雜的植物的根，不小心一點真的很可能跌倒。我身體裡說不定還孕育著另一個生命，所以必須慎重一點。

突然往旁邊一看，發現葉端捲曲呈球狀、很像蕨類的巨大植物自地面探出頭來，感覺真正的恐龍就要跑出來了。我突然覺得恐怖，中途就想折回去。

剛到島上的時候竟然還因馬路不夠牢靠而吃驚，現在想想那簡直是小兒科。不過要往回走也是麻煩，沒辦法，只好硬著頭皮繼續走了。這真的很像野獸走的小徑，必須用雙手把草撥開才能前進。腳下有些地方很泥濘，果然沒穿雨鞋是沒辦法走的。

天空已準備進入黃昏模式，西方淡淡地染成深紅色，第一顆星星已在上空閃爍。

一路上看見各式各樣的南國水果。加在越南河粉的酸桔、剛剛老師在吃的小香蕉，其他還有鳳梨、芒果、百香果，以及見都沒見過的水果，全都結實累累。或許就是因為這樣，我第一次踏進鶴龜助產院的時候才會覺得風甜甜的。

我一邊穿過果園的同時，方才感受到的恐懼也如退潮般消失，反而從肚子底部源源不斷湧出如氣泡般高漲的感覺。我知道有模仿這種環境打造出來的城市綠洲，但這才是如假包換的綠洲。持續呼吸就能感覺體內越來越溼潤，空氣很清新。而當我鑽過小植物形成的隧道後看到一望無際的大海時，我的心情簡直飆到頂點。

「哇！」

除此之外沒有其他形容詞了。那裡是個小小的海灣，真的是鶴龜助產院專屬的私有海灘。黃昏的天空彷彿將有玫瑰花瓣飄落。在夕陽的照耀之下，整個海面都被染成粉紅色。遠眺著那海，真的好美。

這時，理應正在淨灘的沙米突然端著一碗泡麵從裡面一個洞穴似的地方出現了。

「瑪莉亞將要吃嗎？」

他好像跟我很熟似地對我說。沙米這樣跟我裝熟，我真的無論如何都沒法習慣，於是不理會他的問題而問他：

「沙米先生也是這裡的員工嗎？」

不知為什麼我一直很在意這件事。

「正確說來我是志工。我要求讓我住在這裡，但相對的，我得幫忙一些田裡的工作。香菜小姐和艾蜜莉是正式員工，但我和長老卻是屬於志工。雖然也有一點錢，可是很少啦。」

他有些不滿地噘著嘴，接著又指著方才那個洞穴的方向說：

「那邊就是我家。」

洞穴裡面有些陰暗看不太清楚，不過還是可以知道東西到處亂放。竟然住在洞穴裡，這是怎麼回事呀？正當我這麼想的時候，沙米說：

「我是旅人，就在那裡露宿生活。因為我現在是正處於環遊世界的途中。」

他略帶驕傲地說，並開始抓頭。

「那麼，到目前為止你一定去過許多國家囉？」

我從沒出過國，光聽到「環遊世界」這詞就覺得沙米很了不起，我實在很驚訝。這時沙米又說：

「哎呀，也沒有啦。」

大概是謙虛吧，沙米的臉紅了起來。

這世上有助產師、旅人，有各式各樣的人。高中畢業後，我就立刻和小野寺君同居，剛滿二十歲就馬上去登記結婚，之後我幾乎就是專職的家庭主婦。有一點點打工的經驗，但也只是短期的。那在我所認識的世界裡是多麼微不足道的事情啊。

我雖然變得對沙米有些尊敬，但想到我到這裡來的目的，我還是問他：

「我得去採木瓜。老師的住處好像就在這附近，你知道是哪個方向嗎？」

「哦，那地方第一次到這裡來的人一定找不到，所以我陪妳一起過去吧。」

沙米把剩下的泡麵一口氣吃完。

明天船班好像就會開了。能到這私有海灘來，這是我的第一次也是最後一次，一定不會再到鶴龜助產院來了吧，所以其實我很想一直留在這裡欣賞黃昏的海。

可是又非得趁天沒黑之前找到木瓜，只好和沙米一起離開沙灘。海浪在我們的背後發出「唰——唰——」的聲音。我突然想起前天晚上菜菜子女士生產的過程。菜菜子女士當時也發出海浪般的低沉聲音，靠自己的力量生下一個小孩。一想到這兒我就差點又要掉下淚來。

和我剛走來這裡那段森林似的地方不同，沙米帶我走的地方樹木長得更茂密。板狀的樹根看起來像是自地底隆起，還有一些奇形怪狀的樹木。植物自由自在地伸展枝枒，樹幹上密密麻麻地纏著爬牆虎的葉片和藤蔓。不知何處還傳來不知是什麼動物的聲音。我的身體似乎越縮越小了。豎起耳朵，感覺似乎連肉眼看不見的世界的動物呼吸聲都聽得見。一個人的話我一定不敢走吧。想到這點就對沙米滿心感激，可是又無法說出聲來。這時沙米慢慢停下腳步。

「這裡就是媽的家。」

「咦？」

眼前是一棵可能會出現在故事書裡的大樹，有著重量十足的粗壯樹幹，那強壯的姿態看起來像是好幾棵樹結合而成的。樹根穩穩地扎在大地上，彷彿要把整個地球吸上來似的。粗壯的樹枝上垂著好幾條繩索般的藤蔓。可是感覺完全不像有房子。

「可是，這……」

這是樹吧？我用眼神向沙米這麼說。

「妳看，上面有個樹屋呀。妳看不見嗎？」

沙米屈膝彎下身子指著樹上的一點。

「啊，真的有，厲害厲害，樹上真的有小屋！」

我興奮得忍不住大叫。仔細一看還有一個通往樹屋的梯子。我曾看過樹屋的照片，但這還是第一次親眼看到。我看到一個彷彿被油亮的樹葉所保護著的小屋。從下面看的話很小，但說不定近看會出乎意料的大。因為菜菜子女士生產所在的「包」從外面看也是很小，但進到裡面卻意外地寬敞。

「媽在上面時如果我要找她，只要拉這個鈴鐺，她就會下來。」

沙米以熟悉的手勢拉拉繩子。這時鈴鐺近乎突兀的清亮響聲就傳遍整片樹林。雖然同在日本，但這裡和我跟小野寺君住的那條街簡直就是兩個截然不同的世界。

不僅如此，那時的我除了小野寺君以外，總希望不必跟任何人說話就能生活。對我而言，除了小野寺君以外的人都與我毫無瓜葛，光是在擁擠的電車裡和陌生人肢體接觸都讓我感到十分噁心。可是這裡的人們卻好像不會。一向討厭和人接觸且一直避免與人交往的我究竟是哪根筋不對了呢？

我靜靜地讓手腳沉浸在初次體會到的感動波潮裡。這時，身旁的沙米說：

「媽真的好變態喲。」

沙米仰頭望著老師的樹屋喃喃說道。

「因為一般人應該不會想要自己蓋這種房子來住吧？何況還是大人呢。而且島上要是有颱風就很恐怖，她該不會是頭殼壞了吧？這麼隨便搭建的小屋遲早要被吹跑的。」

沙米說到這裡時……

「我變態，真不好意思。反正你是個天才呀！」

樹屋的窗戶突然打開，從裡面探出老師的頭。而且她手上還拿著細長的黑色水槍朝沙米噴射。咻！綠色的液體呈放射狀射了出來。好像是蔬菜汁的味道。

「哇！這不是苦瓜汁嗎？好苦，好難喝。您說過浪費食物要處罰的！」

沙米拚命躲避老師的攻擊同時這樣大喊。

「這是你今天早上沒吃完的對吧？特地為你做的呢。苦瓜來找你算帳啦。瑪莉亞將，小心閃避，可別被射到了！」

老師邊這麼說著，邊朝沙米射出更多苦瓜汁。漂亮地命中臉部，沙米的臉變成綠色的了。

「真是的，別再射了啦！一點都不像大人！」

沙米大聲說，好像真的生氣了。

「誰教你。我擔心瑪莉亞將找不到木瓜所以先回來看看，沒想到你竟然說我的壞話！」

她像個頂嘴的孩子般噘起嘴說。

「我剛才那樣又不是在說您壞話。我說您變態是在誇獎您呀。只是尊敬媽有著跟平常人不同的個性，所以才誇獎您的。」

沙米大聲說。大概是苦瓜汁見底了吧，老師停止了對沙米的攻擊。老師滿意地攀著梯子下來。

我們摘了散發著甜甜香味的大木瓜，三人一起朝母屋走去。太陽好像已經西沉了。天空的顏色很詭異，就像是拿紅色及黑色水彩各半加水輕輕調和出來的，彷彿在宣告今天就是世界末日。一方面因為我突然有些害怕，於是就向老師提出打從剛才就一直放在心上的問題。

「老師，妳為什麼會想住在樹屋？」

這才發現我也和其他人一樣喊她老師。

「因為我從小就相信自己長大之後會變成鳥。」

老師以略帶甜蜜的感傷語氣說。接著又繼續說：

「小時候我總是爬到高高的地方玩，還常從上面跳下來，且越爬越高，最後還骨折。不過我一直固執地這樣相信，直到我長大。當然也曾有段時期幾乎忘記了，可是當我辭掉原來婦產科醫院護理師的工作來到這裡，然後看見剛才那棵樹的一剎那，孩提時希望變成鳥的心情就瞬間甦醒了。然後就很單純地想住在這棵樹上，甚至覺得只要生活在這棵樹上，就能變成鳥。所以無論如何都希望親手蓋一個像鳥巢的房子。除了人以外，其他動物都是自己蓋自己的家，不是嗎？」

老師一副理所當然的口吻，但這分自由的想像卻讓我很羨慕，而且也強烈地希望自己也能變得像老師那麼堅強。以前一直不肯放手的執念竟被老師這席話輕易地吹散了。能夠遇見老師真是太高興了。

我希望自己獨自享受這分感動而沉默地走著，這時老師又再度開口了。

「我已經受夠做人了。要是能重新投胎，我希望能成為人類以外的動物，不過最好還是鳥啦。即使沒護照，無論想到哪個地方都能自由前往。所以我現在就是在練習。希望投胎之後能夠漂亮地在天空展翅飛翔！」

老師說著還當場張開雙手上下擺動。其實老師的身體還是穩穩地釘在大地上根本不可能飛起來，但她的動作卻讓人莞爾。

老師說的話聽起來不像是出自現在的老師之口，而是那個手腳還沒什麼力氣卻仍幾度從樹上飛躍而下、一心想成為飛鳥的年紀尚幼的老師說的。有一瞬間，我覺得自己好像親熱地牽著一個年紀比我小的天真無邪的小女孩。

不過我真的有點意外。我一直以為老師是因為喜歡人，所以才從事助產師這個工作的。

可是這個笑起來如陽光般燦爛的老師竟也和我一樣對人感到厭倦，想到這點我就覺得安心。我私下感覺自己和老師是屬於同一國的。

第二天，船班終於要恢復運行了。

和香菜小姐一起吃完早餐，我就到二樓去整理自己的行李。說是整理，但因為我本來是打算當天就回去的，所以幾乎沒什麼行李，也沒化妝，一下子就準備好出發了。要是之前的話，要我沒化妝出門，即使只是到附近的便利商店去也絕對不可能，可是待在這島上，光是想像自己要化妝就發懶。

晾晾衣服或是掃掃二樓的和室，一個早上就不知不覺過去了。原本覺得麻煩的各種生活瑣事，在這裡卻一一被當成神聖的事情。好不容易才學會晾衣服的。想到這兒，心就不免為之一沉。

今天中午開始鶴龜助產院將要舉辦一個月一次的媽媽教室。上午十一點一過，島上的孕婦和已經有小孩的媽媽們就來了。聽說艾蜜莉要教大家島上的傳統鄉土料理。好像不準備在鶴龜助產院生產的人也能自由參加，我覺得從許多角度來看，老師的肚量真大。

要是今天船班還是停駛的話我也準備一起參加的，可是船班已經決定要開，而且也真的非回本州的旅館不可了。雖然打過電話，但竟然已經讓房間整整空了三天。

到診察室探頭一看，老師又在專心地縫東西。我希望在媽媽教室開始前鄭重向老師道謝。

「謝謝您。」

我盡量不打擾地小聲說。老師放下縫到一半的手看著我。

「瑪莉亞將，這幾天完全被關在這島上了喔。這就叫作『離島苦』。」

「『離島苦』嗎？」

「沒錯。意思是指住在離島上很不方便。就像瑪莉亞將這次一樣，有時候有些人就會被召喚到島上來。這裡既沒購物中心也沒大學附屬醫院，有的只是動物和人，就是這樣的小島，但偶爾過過這種日子也不錯吧？對了，今天便便有乖乖出來嗎？」

話題轉變得實在太過唐突，還有她單刀直入的問法也讓我不知所措，但我還是乖乖地回答：「託您的福。」現在想起來還是忍不住微笑，木瓜的效果實在太好了，或許就是因為這樣才會一反常態地一大早就清了腸胃。

「打算怎麼辦呢？」

這回問的是關於我肚子裡的孩子。老師的雙眼烏黑，看起來好像蜥蜴。在她的注視之下實在沒法輕易撒謊。

「我想再考慮一下。」

我老實回答，老師也贊成似地用力點頭說：

「其實我是想開車送妳到港口去的，可是……」

「沒關係。我可以搭公車回去。」

「那麼，這個妳拿著。我的止暈護身符送妳。」

老師把一個小袋子狀的東西放在我手上。我摸摸看，裡面裝著硬硬的東西。

「這是什麼？」

「那是月桃的果實，很香喲。我也很怕搭船，可是只要聞聞這香味，也不知道是不是心理作用，就感覺不太暈了。今天的船班多半還會因為颱風影響而搖晃，不過孕育生命的人我還是不建議服用市售的暈船藥。」

「孕育生命的人？」

「是啊，肚子裡孕育著生命的人，就是指孕婦啦。所以妳就把這當成護身符帶著吧。」

「拿您的東西，這樣好嗎？」

包著果實的小袋子已經頗有年分，說不定這是老師一直珍藏著的東西。一股淡淡的甜香已自手邊飄散開來。像老師一樣，是種很棒的香氣，香到讓人覺得一口氣全吸進去的話很可惜。

「哎呀，地球還會再送我的啦，沒關係的！」

老師又露出她那陽光般燦爛的笑容。就像已經幾十年不曾打開的倉庫門突然被撬開，這一瞬間，光線強行射進「我」這個陰暗處所。

「謝謝！」

每當我聞著這香味，一定會想起老師吧。有些人在一起許多年也對我毫無影響，但有些人只在一起幾天就一輩子難忘。對我而言，老師一定是後面那種，這我有預感。雖然對老師而言，或許我只不過是眾多在這裡借住過的年輕人之一而已。

「還有，這是我剛剛才做的，餓的時候就吃吧。因為今天中午沒辦法一起吃了。」

老師遞給我一個茶色的紙袋。我接過來，發現比外表看起來重。就在這時，香菜小姐慌慌張張地衝進診察室來，說來了個孕婦。香菜小姐穿著和今天晴空一樣鮮豔的藍色越式旗袍。那身影才進入視野，氣氛就因此活潑起來。

我心想，說不定這也是最後一次見到香菜小姐了，就在和她四目相接的瞬間，我慌慌張張地說了聲「Cảm Ơn」。其實我本來是想用越南話跟她說再見的，可是不知道怎麼說。「Cảm Ơn」這個詞也還不會正確發音。難得好像可以跟她成為好朋友的……

最後，去找老是在庭院打瞌睡的啾噗，跟牠道別。我一接近，啾噗就毫無防備地翻身仰躺。我用手掌摸摸牠覆著稀疏黑毛的柔軟肚子。一邊摸，一邊凝視著牠，告訴牠我就要和牠說再見了。啾噗不曉得懂不懂，只是伸出長長的舌頭，露出好像很開心的表情。再這樣下去好像就要永遠留下來了，所以我控制住情緒站起身來。

「再見囉！」

我刻意輕聲說，然後從啾噗的身邊走開。

我悄悄離開了鶴龜助產院。我強忍著突然湧起的那股不想回去的心情，邁開大步。回頭一看，我的足跡已一點一點地把我和鶴龜助產院連在一起。

我從位在聚落中心的公車站再度坐上公車。途中抱著一線希望，到玻璃美術館以及島上的民俗博物館和海濱公園去確認一下。但應該說果然不出所料嗎？最後期待還是落空了。別說要找小野寺君了，每個地方都只有我一個人來參觀，過於閒散竟讓人心情更加沉重。

然後，下午我就搭上停駛了幾天才重新啟航開往本州的船。

船好像有些依依不捨似地緩緩駛離港口，在海面上轉了個方向後，突然加速駛離小島。

再見了，南方小島。謝謝，鶴龜助產院。

我一再重複這些話。明明只停留了三天，想哭的感覺卻彷彿用吸管吸上來那樣，咻地直衝到胸口。眼看著小島越來越遠，變得只像個無人島似的。最後，我揮動雙手向南方小島告別。

完全看不見小島後，我和來的時候一樣，走到二樓客艙去。才剛坐到位子上，睡魔就像鎮石般一下子壓了過來。我手裡握著護身符閉上眼睛。正如老師說的，船立刻上下左右地劇烈搖晃。但即使如此還是不敵睡魔。

到底經過多少時間了呢？我發現四周好像靜悄悄的，趕緊睜開眼睛一看，理應呈漆黑色的海面卻閃耀著七彩虹光，彷彿捲入了彩色鑲嵌玻璃中的世界。一想到自己此刻是在浩瀚而深邃的大海上，恐懼就瞬間襲來。

抬起頭，看到太陽正要西沉，因為太過眩目，我反射性地瞇起眼睛。明明直到剛才大海都還那麼洶湧，現在浪潮卻已完全平息，彷彿被注射了強力安眠藥而昏昏欲睡般平靜。

接下來該怎麼辦呢？望著恢復平靜的大海，我一片茫然。

不管怎麼說還是先回旅館吧，不過回旅館之前得先弄到驗孕棒。然後，要是真的懷孕，那就得先決定以後的事情。

小野寺君！我在心中呼喚。

你現在人在哪裡？我的肚子裡說不定已經有了我們的孩子呀！

晚霞之所以美是因為只有短暫的瞬間，接著就像關掉全世界燈光的總開關似的，突然進入黑夜。回程的船遠較去程搖晃得厲害，但或許是老師送我的護身符保佑吧，我並沒像前往小島時那樣嚴重暈船。

突然想起老師給我的紙袋，打開一看是飯糰，裡面還同時放了一封信。白色信封上黏著漂亮葉片和花朵的押花，強勁有力的字寫著「給瑪莉亞將」。我打開摺得一絲不苟的信紙，開始讀信。

信寫的很急所以不免潦草凌亂，請多包涵。

瑪莉亞將幾天前從我家經過時，其實我是忍不住叫住妳的。因為妳好像懷了孕，但看起來卻一點也不幸福。只是低頭猛走且眉頭深鎖，毫無生氣而嘴角下垂，身體狀況好像也不好。我暗自擔心再這樣下去的話，這孩子不知道會怎麼樣，所以我才冒然跟妳搭訕的。我劈頭提起「流浪」的話題，所以妳一下子就被吸引了。

我不知道妳究竟發生了什麼事，但卻覺得妳精神上十分壓抑。果然不出我所料，妳滿肚子大便。當心裡憋著事情的時候，也常會發生便祕的現象，因為身心是一體的。

因為沒什麼時間，我就單刀直入切入主題吧。

我年輕的時候曾一度墮過胎，不是流產，而是自己的意思。雖然是喜歡的對象但兩人並未同居，不是允許兩人共同養育孩子的關係。更何況當時的我正熱衷於工作。我那時在醫院的婦產科當護士，但完全無法想像自己也懷孕生子。我一直以為「婦產科不就是大家生寶寶的地方嗎」，但卻不是這麼回事。或許我也在那裡看太多，已經習慣了。

加上我當時又年輕，於是就不以為意地墮了胎。可是，在那個生命消失之後我卻後悔不已。墮胎不僅是殺死孩子，更彷彿連心中自幼小心翼翼培養出來的某種珍貴東西也殘暴地一併拔除，必須一直抱著那種晦暗而沉重的心情活著。

要是我生下那個孩子，現在大概也和瑪莉亞將一樣大吧。香菜小姐和沙米也是一樣。所以我看到大約這年齡的孩子總是沒法置之不理。因為我天生就是愛管閒事的歐巴桑。

瑪莉亞將，或許是我多管閒事，但還是想問妳往後有沒有地方去？

請回到能讓妳最安心的地方去。

不過，要是正好沒地方去而不知何去何從的話，鶴龜助產院隨時歡迎妳。

這三天來妳變得稍微會笑了一點，我很高興。當然，不管對其他孩子再怎麼盡心盡力，也不能抵消殺死自己小孩的罪過。不過，真的希望妳能幸福。

當面說的話不免沉重，所以就用寫信的。

如果妳不需要這種雞婆式的關心，就請妳直接甩開吧。

只要妳能過得幸福，我就心滿意足了。

還有，現在無論如何都要保暖，別讓腳丫子著涼。因為畏寒症和貧血都很嚴重。

三餐也要好好吃。

這個鹽味飯糰是用長老他們在鶴龜助產院的田裡努力種出來的珍貴白米捏的。

信紙的表面還以紅線縫上色彩繽紛的小珠子。島上根本沒在賣什麼漂亮的套裝信紙，所以不管什麼都是自己花心思加工的。

「老師……」

我小聲地呼喚。真想不到老師竟然對我如此關心。我心裡本來還以為只有自己一廂情願地喜歡老師。

現在就想立刻從這艘船的甲板跳進海裡，游回那個南方小島去。要是我游泳能游得跟海豚一樣好，真的就想這麼做。可是我不會游泳。打出生以來從沒泡過海水。

現在大家應該正一起吃著晚餐吧？香菜小姐說今晚輪到她煮，所以最後擺出來的眾多特殊風味菜上面一定又撒了大量的香菜吧？想到這裡一股酸甜味就湧上胸口，好難受。

總覺得好像有人緊盯著我，抬頭一看，滿是手印的船窗玻璃上映著一張看起來很不幸福的臉。那不是別人，是我。然而，這樣的我竟也能遇見老師這種人。說不定我肚子裡真的懷了孩子，自己好像越來越不像自己，我無法拂去這種奇妙的不自在感覺。

打開柔軟的圓形植物葉片，裡面擺滿糙米飯糰。黃色一粒一粒的是今天早上飯裡也有加的糯黍。飯糰偏小，一口塞進去就在嘴裡化了開來。整顆均勻地調了鹽味且散發著淡淡的飯香。超商的飯糰只要吃一顆就夠了，但這種飯糰的話，好像不管幾個都吃得下。

糙米越嚼越香。我把黏在手上的飯粒也吃進嘴裡，同時抬頭望著窗外的天空。飛機正遠遠地飛過上空。飯糰全吃完後，肚子突然充滿力氣。應該快到終點了吧。街燈逐漸顯現。

下了船以後打電話到鶴龜助產院。響了一聲半老師就立刻接起電話。大概正在吃飯吧，電話傳來的是嘴裡含著食物的含糊聲音。

「老師？」

保險起見，我確認了一下。

「瑪莉亞將？平安抵達了嗎？船晃不晃？」

依然是悠哉而帶著泥土芬芳的聲音。我一急，沒回答老師的話就說「我……」，可是雖然順利開了頭，下面的話卻立刻半途卡住。

「我呀……」

我再度鼓起勇氣說。接著做深呼吸。下定決心吸了一口氣，感覺南方小島的空氣彷彿透過電話傳了過來，甚至連耀眼的陽光和高亢的鳥鳴聲似乎都要渡海過來了。老師好像等著看我要主動說出什麼話來。

「真的可以回鶴龜助產院嗎？」

我好不容易擠出這句話。到底是什麼東西從背後溫柔地推了我一把呢？

可是才剛說完，我就後悔自己怎麼那麼不懂事，竟脫口提出那麼厚臉皮的要求。我正想補充說「對不起，我剛才說的話請當作沒聽見」的時候，電話那頭傳來紗布般溫柔的聲音：

「回來不就好了？要是瑪莉亞將想回來的話。這裡，隨便妳想住多久就住多久。雖然我不知道發生了什麼事情，不過只要妳覺得住在這裡很幸福就好。」

為什麼？為什麼老師要對幾天前還完全是陌生人的我如此溫柔呢？我得花一點時間才能忍住想哭的心情。我嚥了下口水才說：

「謝謝。不過我身上的錢可能剩得不多……附近有銀行的話，還可以領一點帶去……」

我覺得自己個性並不討人喜歡，但因為出了狀況，早就被迫變得成熟，所以已經養成這種愛擔心的習慣。

「錢只要帶一點就夠了吧。首先，在島上即使有錢也沒地方花，因為不是會花錢的生活。可是我不會再把妳當客人了喲。身體不舒服的時候我當然會請妳休息，但工作時我希望妳要盡到一個鶴龜助產院員工該做的本分。這裡的工作多得就像永遠做不完似的。當然沒法太多，不過還是會依妳的工作量發津貼給妳的。」

老師說得一派輕鬆。

「可是我什麼都不會喲。既沒醫護資格，也想不出什麼可以派上用場的長處……」

雖然這樣好像自打嘴巴似的，但終究忍不住脫口說出真心話。因為我不想到時候讓老師失望。可是才剛說完這話，電話就突然傳出氣球消氣似的笑聲。

「瑪莉亞將，妳到底想怎麼樣？總之，只要回來就對了，不是嗎？會做什麼事情我們再一起想就好了啦！」

老師說著也覺得好笑似地咯咯笑了。

老師話聲的背後也同時傳來沙米和香菜小姐的喧鬧聲，兩人好像也很歡迎我回到島上。

切斷電話後找到一家藥局買了驗孕棒，然後拿著驗孕棒回旅館。

結果果然是陽性，和老師說的一樣。知道自己懷孕的那一瞬間，我就完全了解了。

能夠遇見鶴龜助產院的人們，菜菜子女士生產時能在現場，能夠看見像昨天那麼美的黃昏海景，這些都是小島特地展現給我看的。所以颱風才會來，我才會沒法搭船回家而被關在島上。我打從心底這麼想。以前的我很容易害怕又很膽小，凡事都以自己為中心，然而現在卻感覺到的確有著遠比自己更大的東西存在。

我坐在旅館廁所的馬桶上，心想只好把孩子生下來了。因為即使不知道小野寺君現在人在哪裡，這畢竟是他的孩子。

如此決定之後，我迅速採取行動。

整理亂七八糟的東西，因為第二天早上要很早出門，所以當天就把之前的旅館費結算清楚。因為打算長期旅行，所以保險證之類的貴重物品也全帶在身上。和小野寺君同住的大樓房間是小野寺君父母的房子，所以完全不必擔心租金和貸款的事情。除此之外的各項支出都是從小野寺君的帳戶自動扣款的，戶頭裡一定還有剩錢，總有辦法吧。即使這樣直接返回小島，我也想不出有什麼好擔心的。

第二天早上我改拉著一個大行李朝總站前進，然後買了到南方小島的單程票。

我走向停在棧橋的船，途中打了電話到小野寺君的手機。這是我經過一個晚上的考慮之後決定的。

現在，就在此刻，他的手機應該正在我倆曾同住的那間微暗的大樓房間裡震動吧。想到這點我心裡就一陣感傷。我心裡也知道不可能有人接，但還是忍不住期望聽到他的聲音。可是他的聲音並未出現。聽到進入語音信箱的指示後，我留了話。

「我現在要前往我們曾共同留下回憶的小島。島上有間助產院，我將在那裡工作。我肚子裡懷了我們的孩子，據說才一個半月。我想在島上生產。」

電池快沒電了，所以我就把手機扔進港口的不可燃垃圾桶。或許是因為懷孕的關係吧，就算手上有充電器，光是看著手機的畫面或文字就感到噁心想吐。更何況要是帶著手機，感覺自己就會忍不住等著小野寺君打來而無法單獨前進。

可是要是小野寺君突然想打電話給我怎麼辦呢？

這問題我當然不可能沒想過，可是我有預感他不會打來，因為把手機留在家裡再離開是他自己的意思。我這樣會不會太過率性而絕情？可是我現在身體裡有了必須拚死守護的生命。

一直以來我總是畏怯地窺伺著周遭的情況，同時像隻變色龍似地努力與周遭情況同化，對我而言這還是第一次進行這麼大膽的冒險行動。要是小野寺君見到我現在的模樣，肯定會大吃一驚。

船載著我和肚子裡的孩子緩緩駛離港口。

老師開著小轎車到島上的港口來接我。她旁邊還站著身穿黃色越式旗袍的香菜小姐。離開小島才一天，但光是看到四角形的港口輪廓，就感到莫名的安心。

「瑪莉亞將——」「歡迎歸來——」

提著行李扶著欄杆，我小心翼翼地走下階梯以防踩空。老師和香菜小姐兩人正對著我揮手。

「我回來了。」

我也有點害臊地回答。感覺自己好像已經很久沒說「我回來了」這句話。或許是颱風剛過，天空就像剛刷過油漆似的，是一望無際的美麗藍天。

和老師跟香菜小姐一起走向貨櫃那邊去領取寄給鶴龜助產院的東西。島上太貴的日常必須用品就跟島外的量販店訂貨，對方就會把貨送上船。我們分頭把貨品搬進後車廂。老師大概認識很多人吧，這段時間內也一直有人跟她打招呼。感覺老師是島上滿有名的名人。

把所有貨品通通堆進去之後，就上車前往鶴龜助產院。香菜小姐坐在前座，我坐在後座。行駛在沿著海邊的馬路時，我從斜後方喚道：

「老師。」

在老師還來不及問我「怎麼了」之前，我一口氣接下去說：

「我想在鶴龜助產院生產。」

這時，不是老師，而是香菜小姐立刻轉向我這邊興奮地提高聲調說：

「難不成瑪莉亞小姐有喜了？」

我微笑著點點頭。她突然說了一句不知道什麼意思的話：

「Chúc mừng！」

我一頭霧水地回望香菜小姐，她遮著嘴說：

「啊，對不起，不小心說成越南話了。」

接著又以日語重說一遍：「恭喜！」

「Cảm Ơn。」

我一時感到害羞，小聲地道謝。

其實我心裡一直擔心，萬一被追根究柢地問「對方是誰」或者「不回家也沒關係嗎」的時候該怎麼辦。可是老師和香菜小姐什麼都沒問，真讓我鬆了一口氣。香菜小姐的興奮之情大致平靜下來之後，老師才以平常那種語氣說：

「那麼，得先到診療所去給醫生看看才行。接下來三餐就要正常，早睡早起，要運動，還要做些鶴龜助產院職員該做的工作。即使是孕婦也不能太過鬆散喲。」

「我會努力的！」

我打起精神回答，老師又說了教人莫名其妙的話：

「可是也不用太努力啦。因為孕婦最好是當傻瓜。」

「傻瓜？」

我還以為聽錯了，就像鸚鵡學說話似地反問。

「沒錯。把腦袋完全交由直覺作主，順著自然的節奏生活，身體也要好好活動，這樣做使身心relax是最重要的。生活在都市裡的人們常弄錯，其實relax就是放鬆。不放鬆的話，到了必要的時候就使不出力來。都市裡的人總是拚命努力讓自己relax，真的是笑死人了，妳說是吧？」

老師說著又露出陽光般的笑容。

過了一會兒，我想改變話題，於是就問老師：

「老師您為什麼要到這島上開助產院呢？」

這問題我早就想問了。因為我想，既然要開的話，開在年輕人多一點、人口密度高一點的地方，感覺上門的人也會比較多。沒想到老師的回答卻教人意外。

「我不是中了一億日圓的彩券嗎？」

「咦？彩券？一億日圓？」

這答案實在太讓人跌股，我一時還以為自己在做夢。

「哦？這事我還沒告訴瑪莉亞將嗎？」

「沒聽說過。」

我這麼回答，老師於是又繼續說：

「到這裡來之前，我不是在千葉一家婦產科當護理師嗎？那時候被患者給賴帳了。那人沒付手術費就溜走了。哎呀，我臉都綠了，因為身為主任的我難辭其咎。可是掀開棉被一看，床上明顯地擺著寫有『鶴田小姐收』的信封。打開一看裡面竟放著彩券。可是就只有一張彩券喲，除此之外連什麼信或道歉的話都沒寫。我之前也曾被賴過帳所以一直很小心，可是那人就是個普通的歐巴桑，感覺一點都不像會做這種事情的人。我看那張彩券多半也是在商店街偷來的吧。要一一向上級報告也很麻煩，反正也沒人看見，所以我就把它放進自己口袋裡了。沒想到後來那張彩券竟然幸運地中了一億日元呀！」

再怎麼爛的連續劇也不會出現這麼荒唐的劇情吧。可是再多想一會兒後，就開始覺得既然是發生在老師身上，說不定有可能。因為老師長得就一副福神或女財神的模樣。

「然後，我中了一億之後就變得什麼都不管了。每天看著女人平常絕不會給陌生人看的祕密部位，甚至看得比看那人的臉還久，還要幫她消毒，我早就累了。而且突然發覺自己也上了年紀，心想自己已經在那個世界努力那麼久，應該夠了吧。然後就想認識其他完全不同的世界。擅自斷定說這是神特准我辭去目前的工作，於是毫不猶豫遞了辭呈。然後握著獎金入帳的存摺，心想，先去環遊世界吧。」

「那就跟沙米一樣。」

「對啊。彩券獎金不必繳稅真幸運。我本來就不喜歡什麼名牌還是高級度假飯店，所以如果是刻苦的背包旅遊，一億日元應該可以玩得很開心吧？之前一直忙於工作都沒好好旅行過。」

「這麼說來您雖然中了獎，但起初並沒想到要開助產院嗎？」

「那當然囉！因為我本來就已經受夠與人面對面了。因為我在那家醫院被迫做了很討厭的工作。」

想到香菜小姐怎麼那麼安靜，這才發現她因為晒太陽太過舒服，不知道什麼時候已經睡著了。老師發現陽光直射到她臉上，於是幫她拉下車裡裝的遮陽板。大概是太累了吧，她發出潮水般規律的呼吸聲。

車子依然順著沿海的馬路直走。大海就像含著淚似的，閃著溼潤的光芒。從稍遠處眺望大海真的很美。海面上幾個衝浪客正躺在衝浪板上等浪打來。我試著想像漂浮在海面上是什麼感覺，但還是不太了解。

為了不吵醒香菜小姐，我們兩人也安靜了一會兒，但老師又忽然想起什麼似地再度說起話來：

「瑪莉亞將，妳真的是第二次到這島上來嗎？」

「嗯……今天是第三次了。」

我感到很開心，竟下意識地揚起嘴角。

「啊，這樣啊，這樣啊。」

老師連點了幾下頭。

「我那時是第一次。因為以為真的好像沒人，想說待在這裡就不必與人有任何瓜葛。反正我有的是錢，而且也多的是時間，所以就想從這小島開始我的旅行。對了，那時想說搭飛機太無聊，所以打算全程都搭船呢。」

「搭船環遊世界？」

「對啊。因為地球上海的面積比陸地大呀。我想這樣應該更能行動自如。我不是想搭豪華客船，而是想利用當地居民搭的那種普通船轉乘。不過最後卻因為我的體質好像容易暈船，那樣對我來說太勉強了。

「然後，回來說說這小島的事。船駛抵海港應該還不到一個小時吧？海邊好像有對男女騷動著。雖然心裡一邊想著我再也不想見到人了，但還是稍微靠過去看了。沒想到那對夫妻竟然正在海裡生產！我嚇了一大跳，很怕自己的眼珠子會掉出來。對，對，就是那邊，真的就在那附近的海邊。」

老師一手握著方向盤，同時用另一手指著一旁綿亙的白沙灘。我突然湊近瞄了一下照後鏡，發現香菜小姐已經醒了，正一臉茫然地聽著我們的對話。老師又繼續說：

「於是我反射性地衝上前去。當地衝浪的孩子看起來不是都很年輕嗎？竟然還振振有詞地說，因為島上沒有生產設施，而且也不想到島外的醫院去。可是事到如今也不可能叫他們去搭船，但要叫直升機來又大費周章。我已經完全忘記我到這個小島來的目的，只是拚命地助產。

「海裡不知道有什麼樣的病菌，而且萬一母親受到感染就更麻煩了。可是那些孩子特有的『想在這地方生產』的純粹想法我感受到了。因為大海和天空都太美了。

「幸好那時孩子順利生下來了，可是我問他們，沒想到他們卻若無其事地說朋友們一般也都在海裡生產，還說有人甚至划船到無人島去自己接生。我發出『啊——』的一聲，不敢置信。我本來想在島上悠閒幾天，沒想到就連續遇到三次類似的情形。我想這一定是烏瓦利卡姆伊的安排。」

「烏瓦利卡姆伊？」

「就是『生產之神』的意思，我出生的故鄉是這樣叫的。我之所以會中彩券，是因為烏瓦利卡姆伊想叫我到這小島來的圈套吧。我完全上當啦。然後我終於覺悟到，不管我有多麼疲憊、多麼想辭職，我還是絕對無法逃離近距離觀察女性胯下的人生。唉，是半放棄的了悟心境啦。

「因為太多巧遇和偶發事件，我開始覺得自己非在這島上開家助產院不可。因為我除了是護理師之外還具有助產師資格，年輕的時候曾立志要當開業助產師。於是我就開始找地，然後把現在當成母屋使用的那間舊民宅拆遷過來，那可真是大費周章呀。可是我就是想既然要開，就要開家全世界最舒適的助產院。當然，外來的人突然想在小島買地開助產院，一定會遭到反對或不受歡迎，所以發生了許多讓我越來越討厭人類的事情。可是最初在這島上遇見那對衝浪夫妻在寶寶出生時展露的笑容和海水的耀眼光輝一直在我腦海裡盤旋。雖然毫無根據，但我卻死心塌地相信如果在這裡的話，或許我也可以再次獲得重生，或許可以開家自己理想中的助產院。因為我以前做過許多不可告人的事情，也受夠唯唯諾諾過著見不得人的生活了。

「堅強的信念是很重要的。從那時起我就勇往直前，渾然忘我地進行，一直到今天。雖然到目前還只是半調子。」

老師帶勁地說著，她的側臉映著海水的亮光，看起來近乎透明。

「我覺得鶴龜助產院住起來很舒服、很棒，簡直想住一輩子。」

我現在真的是這樣的心情，絕不是開玩笑也不是客套，真的開始考慮一輩子都在鶴龜助產院工作。

「所以，瑪莉亞將，真的是妳想住多久都可以喲。不過，想離開的時候，也完全聽憑妳的自由。」

明明今天才剛開始，我竟因想像著和老師分別的那一天而悲從中來。

就是這樣，身為孕婦的我在鶴龜助產院的生活就此展開。

幾天後的某個早晨。

我被外面的動靜吵醒了。我慢慢張開眼睛，天色還是暗的，然而母屋旁邊的小徑卻好像一直有人走過。我納悶著到底發生什麼事，往旁邊一看，身旁睡鋪上的香菜小姐正把身上的越式旗袍換成另一件越式旗袍。我本來以為她睡覺的時候一定會換上睡衣，沒想到她即使是睡覺也穿著稍微寬鬆一點的越式旗袍。感覺香菜小姐好像是輪流穿著藍、綠、黃三件越式旗袍。

「早安。」

我揉揉眼睛向她道早。

「今天早上終於把妳吵醒了。」

香菜小姐小聲說。

「昨天妳睡得很熟，我還以為應該不會吵醒妳。接下來要在海邊開朝會，瑪莉亞小姐，妳決定怎麼樣？」

香菜小姐邊梳著長髮邊溫柔地問我。

「朝會？」

「就是大家在鶴龜灘集合，適度動動身體。不過如果妳不舒服那就不用勉強，繼續睡沒關係。」

「我要去。」

我立刻回答。其實我真的還想再睡，可是我又不是單純的客人，所以沒有理由不參加。大概是因為懷孕的關係，我覺得有點不舒服，可是還是不管三七二十一地站了起來。看看時鐘，已經七點多了。這才發現因為是南方小島，所以天色好像亮得比較晚。

自從走進鶴龜助產院的大門，到今天應該已經有一個星期了。昨天的確還聽不到外面的動靜。我在被褥上匆匆換了衣服後下樓，在盥洗室迅速洗把臉就走了出去。香菜小姐在母屋前做著伸展身體的暖身動作邊等我。

兩人一起穿過樹林走向海邊。和幾天前我為了採木瓜獨自走向海邊時走的路線差不多，可是那時是那麼不安，或許是這回有兩個人吧，一點也不覺得可怕。感覺即將入夜的樹林和即將迎接早晨的樹林中所洋溢的空氣品質大不相同。或許是我太誇張了，但我覺得即將入夜的樹林裡好像有肉眼看不見的眾多魑魅魍魎正吞著口水暗中注視著。

大概是半夜下過雨吧，地面很潮溼。周遭微暗，還有蟲聲從各個角落傳來。走著走著突然像遇到淺層地震似的，身體深處突然湧起一股想吐的感覺。這幾天偶爾就會覺得不舒服。我想藉著說話引開注意力，於是向走在身旁的香菜小姐說：

「朝會是全體職員……嗎？」

我不知道該不該使用敬語，所以語尾故意省略不說。

「與其說是職員，不如說是住在這聚落的人吧。上次在車上，老師不是說起她草創這裡時遇到的種種麻煩事嗎？那時的情形我也不太清楚，不過聽說曾被嚴重懷疑是新興宗教。為了讓當地民眾清楚了解助產院，所以老師才開始辦朝會的。一開始請大家來也完全沒人過來，幾乎都只有老師一個人在做體操。不過現在來的人很多喲。這是自由參加的，不過很多人都很期待。上個禮拜是大家一起跳草裙舞。草裙舞是老師教我們的。可是再怎麼說，最受歡迎的還是今天的土風舞。歐吉桑和歐巴桑都會穿得比平常漂亮，真可愛呀！」

拂曉的朦朧之中，香菜小姐的黑髮本身就像有生命似地閃著亮光。

我抬頭一看，天空已逐漸一點一點轉灰。整個樹林看起來還是半睡半醒。彷彿要催人入眠的微風輕吹著。每當風吹過來，周遭的樹葉就沙沙作響。

到了海邊，發現已經有許多人聚集在那裡。沙米住的那個有洞穴的私有海灘好像就叫作鶴龜灘。鶴龜灘外這片日出前的大海還裹著溼潤的藍色薄膜。一看見海，我的心情就馬上穩定下來，就像吃了什麼強力整腸劑似的，肚子立刻覺得很舒暢。

不過我真不敢相信這個聚落住了這麼多人。不止上了年紀的人，還有小孩子的身影，其中甚至還有正值青春期年齡的參加者。老師雜在島民之中大聲笑著，才一大早就不知道有什麼事那麼好笑。

我的眼神和艾蜜莉相交了，於是我輕輕點頭向她致意。和之前的印象相較之下，她的臉看起來的確亮眼多了，也許比平常更用心化了妝吧。據說艾蜜莉的老公幾年前過世了，目前獨自住在島上的一個島民公寓。

音樂終於響起，男女分別圍成圓圈，開始跳起土風舞。要和陌生男性牽手實在有點噁心，不過我還是適當地設法掩飾並移動身體，漸漸地就汗流浹背。跳著跳著，太陽就從對面的無人島露出臉來。沙灘一點一點逐漸被明亮的色彩裹住。橘色的光很刺眼。夜晚已經交棒給清晨了。

最後的舞伴是沙米。兩人並排面向同個方向，手在肩上交握的時候，他彷彿耳語似地小聲對我說：

「妳回來了，真好。我很高興。」

可是心的距離好像突然被拉近，所以我反射性地退縮了。

土風舞結束後，所有人站在沙灘上，以左手遮住太陽。

「這叫光合作用。」

站在斜後方的香菜小姐閉著眼睛輕聲告訴我。就像植物行光合作用那樣，我們的身體也要從太陽吸收能量嗎？感覺有些宗教意味而排斥，但做到後來卻很舒服。手掌中央完全被烤熱了，感覺好像跟太陽手牽手似的。我想像肚子裡的孩子也晒到太陽了。太陽射過來的肉眼看不見的細微粒子融進體內，能量從指尖逐漸滿溢過來。

「好！今天也要快樂一整天！」

就在老師這一聲令下，光合作用結束了。大家又零零散散地穿過樹林，走上回家的路。來時聽見的蟲鳴聲已經完全消失了。

「很不錯的運動呢。」

我望著香菜小姐的背主動說。

「就是啊。」

香菜小姐形狀好看的額頭滲出豆大的汗珠，好像白天的星星般閃爍著。

「和太陽一起生活就會漸漸配合自然的律動。這樣對大家很好。」

走在後面的老師似乎也聽得見我們的聲音而加入對話。她今天的裝束是上下一套的藍色日式束口工作服。

「遠古時代女性的月經好像都是規律地從初一開始，所以十四天後正值滿月時做愛的話，就很容易懷孕。喏，不是說滿月會使女人淫蕩嗎？安排得可真剛好呀，對吧？」

老師一早就精神這麼好。大概是很興奮吧，這回換成香菜小姐連珠炮似地說：

「聽老師這麼說我才想起來，自從到這裡來研習之後，我的月經就變得很順耶！的確每次都是初一左右開始出血。還有，感覺量也變少了。」

「所以早睡早起真的是只有好處。瑪莉亞將，懷孕的人尤其是這樣喲。月亮的圓缺對生產有很大的影響，若是不事先把身體調養成容易接受月亮影響的體質，那麼就無法順著自然的節奏生產。」

「原來月亮會影響生產嗎？」

我詫異地回頭看著老師。

「那當然。月亮，或者說是潮汐的漲退啦。嬰兒多半生於漲潮時段。還有，我之前聽艾蜜莉說過，漲潮時生的話就能健康養大，相反地，若是生在退潮時，那就容易夭折。或許因為是小島吧，特別容易受到這種影響。還有，基本上動物和人都是晚上出生的吧。但那也是因人而異，因為現在很多人都過著不分白天或黑夜的生活。尤其在都市，即使半夜也有商店開著。所以瑪莉亞將妳一定要跟香菜小姐多學習。因為看來妳到島上來之前，一直過著很糟糕的生活。先不管這個，妳身體怎麼樣？」

「早上起床的時候頭很昏，很想吐。」

其實情況本來更慘的，可是我怕說得太嚴重會讓老師擔心，所以刻意把症狀報輕一點。

「那是因為開始孕吐了。千萬別勉強自己，因為現在是重要關鍵。朝會不參加也沒關係。吃飯也是，不想吃的時候就別吃。想睡的時候，不管在哪裡都可以休息。只要等舒服一點的時候再動動身體就好。」

還以為她會要我多忍耐，沒想到老師回答的話竟是如此溫柔，真教人訝異。

「可是……」

明明是我特別要求她收留我的，最後不但沒派上用場，反而還給她添麻煩。什麼事都不做只知道吃飯，這樣豈不等於吃閒飯嗎？

這時老師好像看穿我的心情，又繼續說：

「妳是孕婦，那樣子就已經很了不起了。懷孕期間無論提出多麼任性的要求也無所謂。寶寶光是在場就能讓大家感到幸福，不是嗎？因為孕婦肚子裡住著如此的寶寶，所以也是一樣。只要妳在場，氣氛就會瞬間圓融起來。能和寶寶結為一體就只有現在，妳一定要好好享受寶貴的孕婦生活！」

就像得到老師蓋章掛保證似的，我不安的情緒頓時消失無蹤。老實說我剛剛光是站在那裡都覺得好累。難受的時候只要聽到溫柔的話語，心就像被澆了熱水的冰塊似的，幾乎都要融化了。

後來老師回樹屋去了，所以又變成我和香菜小姐兩人一起走。

周遭完全籠罩在明亮的光線中，好似光線以兩條手臂環抱著整個鶴龜助產院。雖然只是走走路，卻能讓人感覺很幸福。

早晨竟然這麼棒，感覺好像有生以來第一次看見朝陽。以往我和小野寺君共同生活的地方也一樣有「早晨」這段時間嗎？若是這樣，我就虧大了。二十幾年來竟然幾乎不知早晨是如此美麗。真想一一叫醒現在還在睡覺的人，告訴他們：「你看！天空是這麼的美麗呀！不看就虧大了呀！」要是每天都能和小野寺君並肩欣賞這麼美麗的朝陽，或許小野寺君就不會失蹤了。

可是能夠那樣因朝日之美而感動也只有短短幾天。正當我採來扶桑花的花朵和莖，用石臼搗碎來製作助產院要用的洗髮精時，突然有月經來時那種出血的感覺，到廁所確認看看，結果內褲真的沾有血跡。但我一開始還滿不在乎，以為大概是製作扶桑洗髮精時濺到汁液，因為同樣是紅色的。可是再怎麼想都不可能有這種事。

越想越害怕，於是請老師幫我診察，卻說有可能緊急流產。一聽到這四個可怕的字眼，我的腦袋就變得一片空白。好像有可能是懷孕初期胎盤形成的過程中血管受傷而出血。這種時候最重要的是靜養，所以在島上診所接受診察後的幾天，除了上廁所之外，我幾乎都躺著。

這段期間我只是拚命祈禱：「求求你還不要從肚子裡跑出來吧。」醒著的時候和睡著的時候都只想著這件事。

祈禱應驗了，出血終於停止，緊急流產的危險也解除了。可是才剛鬆口氣，這下又突然發生嚴重的孕吐。這是我有生以來從未經歷過的嚴重噁心感及倦怠感。還有，以往平常都在吃的東西，竟然全都不敢吃了。尤其是聞到剛煮熟的白飯反應最嚴重，即使只是遠遠聞到也會突然想吐，要是不用手緊緊壓住嘴巴，感覺後果就會不堪設想。真不敢相信助產院的人不久前輪班為我做的飯菜我都還吃得津津有味。

感覺手腳好像被名為孕吐的黏液緊緊黏住，怎麼樣都沒法克服。現在想想，當初到島上來的時候或許真的只是單純暈船。我這個初產婦也清楚了解這才是孕吐。和現在難受的程度相較之下，當時實在……

早上醒來也好像身體被灌了水泥般動彈不得。心裡想出去看看大海和太陽，但身體卻完全不聽使喚。即使勉強爬起來，也立刻就想躺回被窩裡睡覺。不管睡著還是醒著都覺得渾身無力，感覺就像身體一直被拉著往地上貼似的。一天到晚都覺得好像有人一直在搓揉我的胃，不舒服的感覺一直竄上喉頭，卻又一直塞在那邊。每天都好像嚴重的宿醉狀態，光是維持呼吸就已耗盡我全身精力了，根本不可能工作。

腦裡浮現的淨是負面的想法，並支配著我的一切。助產院的工作完全沒法做，只是在心裡不斷累積焦慮。這樣的生活和以前根本沒什麼兩樣，甚至反而更嚴重，實在太糟糕了，我都想詛咒自己的命運了。

可是即使在孕吐最嚴重的日子裡，讓我覺得很棒的一剎那也能像電視上的隱式情緒刺激效果般，只消一眨眼的時間就插進來了，這也是事實。

只要覺得好像可以稍微站一下或走一下，我就靠自己的力量蹣跚地走到鶴龜灘去。

意識模糊地抓住樹枝休息休息，然後在沙灘上鋪一塊布，直接倒頭躺下。鶴龜助產院午餐後排有幾小時稱作Siesta[1]的午睡時間，老師也經常這樣讓身體休息，所以我也試著學她。

脫下鞋襪，把膝蓋以下的部分埋進沙裡。這麼一來，噁心或難受等無法排解的感受就會倏地滲進沙裡。迷迷糊糊地稍微張開眼睛，有時會看到一部分的雲呈米黃色且閃著朦朧的光輝，或看到兩隻蝴蝶正跳著求愛之舞，或看到小螃蟹敏捷地橫走過閃亮的海灘。我雖然叫作瑪莉亞，但信仰之心毫不堅定，可是就連這樣的我在這一瞬間也幾乎相信神真的存在。

畫過藍天的一道飛機雲、搖曳在風中的扶桑花瓣、浮現在雨後晴空中的彩虹，我都是獨自一人默默地感動。箇中原因我也不明白，但只要偶然看見如此美景，我就莫名其妙地不住流淚。簡直就像在一天之中幾度往返天堂與地獄之間。

然後突然有一天孕吐就像雲霧消散似地消失了。走進鶴龜助產院的大門至今很快地已經過了一個月。太棒了！萬歲！我忍不住想大叫。終於穿過長長的隧道了。能夠克服

1 西班牙語的「午睡」之意。

那種痛苦都是託大海以及鶴龜助產院工作同仁的福。雖然我只有直接告訴老師和香菜小姐，可是從艾蜜莉、長老和沙米對待我的態度看來，他們也都知道我懷孕了。

老師只要騰出時間就把我叫到診察室幫我作腳底按摩，香菜小姐也經常接下我沒法完成的分內工作。艾蜜莉總是在家做一種名叫「地豆豆腐」的花生豆腐，然後帶來送我。那就像濃郁的布丁，入口即化，所以這是我孕吐期間唯一勉強吃得下的東西。至於長老，平常職員都只淋浴而已，他卻特地為我生火燒水讓我泡澡。而只要我難受，沙米就說些無聊的笑話逗我笑。

我光為自己的事情就已經筋疲力竭而無法好好向他們致謝，但卻沒有任何人露出不悅的臉色，只是一直默默支持著一無是處的我。

懷孕馬上就要滿四個月了。

進入十一月的某個午後，我和老師一起到島上的診療所去。直到前陣子都還熱得像盛夏，現在卻突然變了，早晚若不穿件長袖就覺得涼。島上長得到處都是的糯黍已經結了金黃色的纖細果實，就像深深鞠躬似地垂著頭。

即使選擇在助產院生產，也必須依懷孕週數定期在醫院抽血檢查才行。島民中甚至有人為了接受產檢而定期往返本州。但我怕搭船會噁心，而且也希望盡量不要離開島上，所以決定在診療所接受產檢。

和上次一樣，診療所的醫師用超音波讓我看看子宮內的情形。鶴龜助產院也有超音波的機器，之前也曾一度看過寶寶的模糊影像，可是大概是診療所的機器比較新吧，這回可以更具體地確認寶寶的情況。當狀如變形蠶豆般的輪廓映在黑白畫面上時，我忍不住大叫：「啊！看到了！」並定睛凝視著寶寶的身影。

「真的，好可愛喲。跟瑪莉亞將長得一模一樣耶！」

明明就看不到臉上的表情，但老師卻和我一起興奮起來。

「妳看，這應該就是臍帶。」

診療所的醫師也望著畫面為我說明。

「心跳也很正常。」

這時換老師用筆指著寶寶白色身影中的一點說。

「太好了，瑪莉亞將。」

老師以放心而沉穩的表情望著我。

的確看得到有個比較亮的白點正有力地跳動。幾天前我也讀了一本助產院書架上的懷孕相關書籍，因而了解心跳有多麼重要。不管妊娠反應有多強，也要確認到寶寶的心跳才行，絕不能疏忽大意。書上寫著，心臟跳動是寶寶存活在子宮中的確切證據。

心跳就像暗夜中閃著光的燈塔。寶寶在這裡喲！它彷彿如此大聲通報似地為我壯膽。要是失去這個孩子，我大概永遠都不可能為小野寺君生孩子了吧。所以無論如何我都要守護這個小生命。

外表看起來活像三頭身的串丸子，可是寶寶的大腦、心臟及手腳等器官的基礎工程似乎都已完成，再過不久胎盤也會成形。這個還未滿十公分長的身體小到可以放在掌心，但寶寶卻穩穩地在我的子宮裡扎根。這小生命真的是精神可嘉而惹人憐愛，可能的話我真想以雙手捧起這個身體，撫摸著稱讚：「乖寶寶，乖寶寶。」

說到我自己身體的變化，肚子是一點也不突出，但大腿根部偶爾有拉扯般的疼痛，乳頭顏色也變得越來越黑，連內衣也越來越緊。

診療所醫師的話讓我很驚訝，他說子宮起初只有雞蛋大小，本來大概只有五西西的容量，但子宮到了臨產時卻會擴張得很大。到助產院來的孕婦中有些人的體型就像相撲選手那樣，連走路都很吃力。一想到再幾個月後我自己身體也會變成那樣，心情就很複雜，有些莫名恐懼卻又有點期待。

從胎兒的大小推算，正式預產期是在明年五月的最後一週。不過離現在還有半年以上，路程還遠得很。這期間內我還有許多非做不可的事情和不得不決定的事情。

雖然只是一點一點增加，但我終於開始像個鶴龜助產院職員般工作。以前完全不知道這消息，不過鶴龜助產院在業界其實還小有名氣。不僅是住在島上的人，好像還有想在這裡生產看看的孕婦特地從本州到這島上來。更稀奇的是，甚至還有遠從海外來的人。為了維持廣受好評的貼心服務，工作自然也就多了。我除了洗衣服之外也盡量幫沙米做田裡的工作，如果艾蜜莉說要去採摘藥草茶的材料，我就跟她一起去。

回過神來才發現一天就這樣咻地過去了。說什麼南方小島的人總是很閒散，這完全是偏見。大家真的都很努力工作，流很多汗。工作流汗竟然這麼舒服，這是我從沒想像過的。辛勤工作一整天的話，晚上就能熟睡。

然後，在忙亂的日子裡，鶴龜助產院經常出現肚子很大而行動緩慢的孕婦、在樹下親餵母奶的母親、在澡盆洗澡洗得很開心的新生兒，還有完全不設防盡情伸著懶腰的小孩，他們周遭的空氣流動得緩慢而溫柔，彷彿還帶著點朦朧的淡粉紅色。看到這樣的光景，不管那時工作如何忙碌，也感覺一切都值得了。

差不多進入懷孕第十二週的時候，有一天我正要清理平常容易忽略的汙漬，便將碗盤搬出來，然後一一用小蘇打刷。以前我理所當然地都是使用清潔劑，但用了艾蜜莉教我的方法一刷，發現光靠小蘇打就可以有驚人的去汙力。因為實在刷得太乾淨了，我開心得哼起歌來。

我對鶴龜助產院的工作已駕輕就熟，或許因此有些大意。手不小心一滑，匡啷一聲打破了一個碗。正覺得有些不穩時，碗已經從我手中滑落，破裂的碎片散落在我腳邊。

怎麼辦？賠錢嗎？還是再買個一樣的東西？可是萬一很貴……腦海裡一時混亂不已。

「沒事吧？」

產程沒有進展而一直在母屋樓梯上上下下爬著的孕婦探頭關心道。大概是聽到食器打破的聲音吧，原本在診察室的老師也來了。

「對不起，碗破了……」

其實應該得說「我不小心把碗打破了」，我明明心裡這麼想，但卻只是跪在地板，邊撿碎片邊道歉，嚇得不敢直視老師的臉。

「沒辦法，那個碗注定是這種命運呀。重要的是，瑪莉亞將妳沒傷到手吧？」

老師一點也沒露出生氣的樣子，反倒關心起我來。

「我倒沒事。」

「那就好。那麼等一下幫忙把碎片埋進墓裡吧。」

「墓？」

這時我忍不住抬頭望著老師。

「對，妳知道山羊小屋旁邊有條水渠吧？從那裡往下走大約五十步左右有個墳墓，就是擺了一個寫著『器』的石頭那裡。請妳在那裡挖個洞埋進去好嗎？」

沒被罵，我的確鬆了一口氣，可是「為什麼」這個疑問一直在我腦海裡盤旋不去。一般都是丟掉就算了呀。老師像是看穿我內心的疑問似的，又繼續說：

「因為是取自地球的東西，一定要還給地球。碗本來也是土對吧？所以讓它回歸土裡，它一定很高興。」

我決定照老師的話去做，於是帶著碎片出門。今天是微陰的天氣，海有些洶湧。雖然我的島上生活才開始不久，但也大概知道應該快下雨了。大片的灰色積雨雲像頂貝雷帽似地籠罩著整個島。

順著山羊小屋旁的下坡路走了一會兒就發現墳墓所在，因為是一片雪白。我心想怎可能有這種事，但就是那一塊地方看來像是積了雪。凝神一看，腳下是滿地的星星狀細沙，就是因為這些沙所以才看起來像雪。我找到寫著「器」的墓碑，用原本就隨意插在附近土裡的鏟子挖起洞穴。

這時，我感覺旁邊好像有人，抬起頭來仔細一看，前方的矮樹叢中好像有什麼東西。起初還以為是晾在衣架的白色洋裝掛在樹枝上隨風搖曳。又想說大概是有人像沙米一樣在這裡露宿，然後把換洗衣物掛著晾乾，結果卻忘了收走。可是仔細一看，那竟是個活生生的人。起初還以為是鬼，但白裙的裙襬下卻伸出兩條腿，腳踝雖然細得像要折斷似的，但的確是人類的腳踝不會錯。是個極瘦的女人在那裡。

島上的人在路上與人擦肩而過時，即便是不認識的人也會彼此打招呼。所以我也猶豫著該不該主動對這女人說「妳好」。女人一直背對著我，並用手不斷摸著樹枝和樹幹。

我不知道該怎麼做才好，於是繼續挖洞，挖出大約二十公分的洞時，就把破碗放進洞的底部，然後再覆上泥土。接著雙手合十並閉上眼睛。老師常說，食器和衣服都是用心製作出來的，上面都附著製作者和相關者的心，所以即便是壞掉沒用的東西也要好好憑弔並供養。的確，如果我是食器，與其被丟進垃圾桶，說不定會覺得被埋進土裡比較舒服。剛到這裡來的時候，老師的想法曾經一一讓我感到吃驚，但在島上住久了也就漸漸習以為常。

祈禱完抬起頭來的時候，女人的身影已經消失了。說不定那真的是鬼。不過大白天也看得到鬼嗎？我仔細想著這類問題，同時邊走回母屋，一進屋就被一副無可奈何模樣的老師叫住：

「瑪莉亞將，不好意思，可以請妳立刻到診察室來嗎？」

是我的心理作用嗎？老師的表情很凝重。

我有了不好的預感。該不會是上次去診療所產檢的結果不妙吧……

我一邊瞎猜，一邊心情凝重地推開診察室的門，結果診察用的沙發上躺著一個氣色很差的女人。我立刻認出就是剛才見到的那個身穿白色洋裝的女人。她的手腳、胸口、脖子和臉都瘦骨嶙峋，但腹部卻異樣地隆起。我既不敢直視女人，也無法移開視線，只是傻傻站在原地。這時，老師說：

「瑪莉亞將，可以麻煩妳幫她做一下撫觸療法嗎？不必刻意按摩，只要能讓對方舒服。什麼事都不必想，只要順著本能撫摸就行了。以前不是常說撫觸療法嗎？就是那個。人類呀，只要被別人撫摸，大家都很高興。幾乎可以說肌膚是為了受到撫觸而存在的」

大概是事出緊急吧，老師飛快地說。

「可以拜託妳嗎？」

這實在突然了，大概是因為我愣住了吧，老師大聲地喊了聲「瑪莉亞將」，同時用手在我眼前晃了晃。

「啊，是！」

我就像受到暗示似的，無意識地傻傻回答。

「那就直接切入主題，不好意思，艷子女士差不多要進入懷孕後期了，可是她說有點不舒服，所以能不能請妳幫她做撫觸療法？很少人孕吐拖到這麼晚期的。因為我和香菜小姐現在必須到『包』去協助生產，我想艾蜜莉中午以前應該會來，在她來之前就麻煩妳了。」

接著又對躺在沙發上臉色蒼白的艷子女士補充說：

「寶寶現在好像有點胎位不正，所以請妳明天早上空腹再過來一趟。」

然後就匆匆忙忙快步離開診察室。

我連被別人觸摸都受不了，竟然還要我主動去摸別人……不過眼前的艷子女士情況看起來真的很糟。她一定吐得很厲害吧。那種不舒服的感覺我也曾親身體驗過，真希望能幫她做點什麼。於是我有些畏怯地向艷子女士打招呼：

「妳好。」

但艷子女士不知道是不是太不舒服，竟完全沒回答。我想到自己孕吐正嚴重時也是跟誰都不想說話。就像我當時接受大家的幫忙，現在輪到我來幫助艷子女士了。

「請恕我失禮了。」

我下定決心，輕輕坐到艷子女士躺著的沙發上。閉上眼睛調息之後，就用觸摸泡泡的心情，把手掌輕而溫柔地貼到她的背上。

那一瞬間，手掌立刻感覺冷颼颼的。她的脊椎骨清楚浮現，都摸得出整條脊椎的形狀了，尾椎骨也像動物的尾巴般突出。老實說我一想到這是人類的身體就覺得可怕。幾乎沒肉，只有皮包骨，說這話很不應該，但我真的想到理學院實驗室裡的骨骼模型。

但即使是這樣，人還是能夠懷孕。這才是最讓人驚訝的。

接下來的事情我就不太記得了。總之我就專心地把手掌貼在艷子女士的身體，照老師說的，屏除雜念並盡量把頭腦放空。

傍晚的時候「包」裡的產程順利結束，老師回來後我就把事情經過告訴她。後來艷子女士立刻陷入熟睡，但我還是繼續做著撫觸療法。

「謝謝妳，瑪莉亞將。多虧有妳幫忙。」

雖然只是小忙，但想到能幫得上老師我就很高興了。這時老師又說：

「艷子女士說她一直失眠睡不著覺。而且，妳也看得出來她有厭食症。我剛剛在電話裡稍微跟她聊了一下，她說整個人輕鬆多了呢！我不知道她有沒有直接向妳道謝，不過應該很高興吧？」

「您是說艷子女士嗎？」

可是我卻完全看不出她的動作裡有一絲高興。想到連艷子女士都要感謝我，我真是開心。而且還能幫老師的忙，那真是雙重開心。

「瑪莉亞將，想不想多訓練、磨練自己的才能？」

我猜不透老師這句話的意思。

「才能？」

「是啊，撫觸療法的才能。雖說任何人都有這種力量，但說不定妳的力量比別人強。」

「可是我只是把手貼上去而已啊。」

根本沒有什麼才能。說起來，我還特別討厭去觸摸別人或是被別人觸摸的呢。

「那種事誰都會呀。」

我充滿自信地斷言。

「話也不是這麼說。當然不可能立刻就成為具有魔法的雙手，因為必須一再訓練，撫觸過一千甚至兩千人的身體之後，能力才能稍微提高。」

「得要一千人……」

「沒錯，一千人。不過要是這樣累積經驗、磨練才能，說不定就有人能因妳的手而變得輕鬆，事實上艷子女士看起來就是這樣。」

我的腦袋一隅突然想起小野寺君。他因為工作的關係，平常整天都要使用電腦，所以總是肩頸痠痛，有時候甚至嚴重到睡不著覺。可是那種時候，只要我稍為幫他按摩一下，他就說輕鬆多了。他曾經以好像很痛苦的聲音說：「即使沒用力搓揉，只是把手貼著就很舒服了。」不過我一直以為那是因為對象是小野寺君才會這樣。

「其實所有人在出生的時候，神都賦予了某些才能，所以只要努力，大家應該都能成為天才。」

老師以這樣的話做了總結。

我這輩子一直覺得自己沒什麼用處。但老師卻說我這雙手也許可以幫助某些人。這就像突然發現遠方的虛幻亮光，彷彿漫長的黑夜即將逐漸亮起，我的心情稍微開朗了些。

之後，過了兩個星期後的某個傍晚，我正著手準備晚餐。眼看就要十二月了，太陽下山時間已經越來越早。

這天晚上老師本來預定要特別為我做炸雞。自從懷孕以來，我就不知道為何老是很想吃油膩的食物。炸香蕉、炸餃子、炸洋蔥、炸碎肉餅、馬鈴薯可樂餅，我想吃的油炸食物種類不斷改變，喜歡的時間短則幾天長則幾個星期。可是在島上畢竟不像在任何東西都能簡單取得的城市裡，即便是炸雞要用的雞肉也得一開始就特地拜託島上的養雞人家，請他們宰殺。

接到艷子女士打來的電話，老師立刻中途放下給雞肉裹粉的工作，臉色突然變得很嚴肅。

好像是艷子女士打來說有了產兆。艷子女士為了在鶴龜助產院生產，現在住在島上的出租小木屋待產。她和我一樣，本來是內地人，都是在離這裡很遠的地方出生的。

三十分鐘後，艷子女士搭著島上唯一的計程車來到助產院。車子盡量開到不能再進來的地方，我和老師就在那裡接艷子女士。

艷子女士下了車，我們兩人就從兩側架住她，把她攙進屋裡。艷子女士的臉以上次更蒼白了。邊走的同時，老師問她想在哪裡生，她喘著氣以微弱的聲音說：「我想在榻榻米房間。」就是診察室旁邊的房間。

鋪了被褥，讓艷子女士躺在上面。大概很痛苦吧，她額頭上黏著一些汗水。每次使勁，臉色就瞬間轉紅，血管也越來越明顯。我一直默默在心裡說「艷子女士，加油」，並刻意把手掌貼在她瘦骨嶙峋的背上。

老師跪在艷子女士的腳邊，閉著眼睛開始唱起咒語似的東西。好像是外國話，完全聽不出內容，但還是聽出一開始說的是「烏瓦利卡姆伊」，最後還低聲念了兩次「鶴龜、鶴龜」。老師曾說，烏瓦利卡姆伊是她生長的家鄉的語言，意思是「生產之神」，那麼一定是在祈禱寶寶平安出生吧。接著老師就開始真正的助產工作。

真希望香菜小姐早點來接替我，可是偏巧有多達三組的母子住院。其中有位母親症狀相當嚴重，已瀕臨精神衰弱的狀態，還歇斯底里地朝香菜小姐丟東西。香菜小姐對這件事本身並未特別在意，只是擔心自己不在的時候她會趁隙把矛頭指向寶寶，那就糟了，所以盡量片刻不離地照護。

偏偏這節骨眼上艾蜜莉又和朋友到本州去唱卡拉ＯＫ。因為本來艷子女士的預產期距離現在還有一個月。

「艷子女士，讓我看看裡面的情形。」

老師要艷子女士脫下內褲，然後把指尖伸入產道進行觸診。

「胎位已經很低，寶寶已經想要出來了，快把它生出來吧。」

好像是因為很痛苦，艷子女士的眼睛充血，肩膀劇烈搖晃地吸著氣。我聽到老師這般指示，又繼續撫摸側躺的艷子女士腰部附近。艷子女士的緊張好像會傳染，一回神我就發現自己的身體也跟著僵硬了。

這樣子不知道持續了多久，艷子女士終於轉成仰躺，張開雙腿，以格外尖銳的聲音大聲尖叫。雙手緊抓著天花板垂下來的產繩，面部扭曲，她就要把孩子生下來了。我用雙手撐住艷子女士的上半身。

「還差一點，艷子女士加油！」

老師一反常態熱切地對艷子女士這樣說，同時從艷子女士的雙腿之間將寶寶接生出來。

難產到最後，終於還是生下來了。老師掏出口袋裡的懷錶來確認誕生的時間。我也鬆了一口氣，當場跌坐在地。她身體這麼纖瘦一定很危險吧？我雖不是專業人員但也這麼覺得。看到滿臉通紅的艷子女士就像剛接生出來的嬰兒般嚎啕大哭，這時連我都幾乎要哭出來了。生命真了不起。即使是從艷子女士那麼纖瘦的身體，也能自己順利地溜下產道跑出來。

可是這種感動時刻也只有一眨眼的工夫。因為寶寶一動也不動，全身很僵硬，等了又等還是聽不到出生後應有的哭聲。

老師從艷子女士腿間接生出來的並不是活著的人類寶寶，而是個人偶。發覺這點的瞬間，我幾乎克制不住想要大聲尖叫的衝動。心臟強烈收縮，我甚至擔心別人會聽見心臟收縮的聲音。為什麼艷子女士會生下人偶呢？為什麼老師把那人偶當成活生生的嬰兒呢？我越想整個腦袋就越是一片空白。

我連身體該怎麼動都忘了，一直呆立著。但老師迅速把那個人偶包進襁褓中，並以極其自然的動作將襁褓放在哭泣中的艷子女士胸口。

「艷子女士，是個可愛的女娃娃喲。恭喜！」

我分娩時完全專注在工作上的老師趁著背對艷子女士的一瞬間擦去眼眶裡的淚水。我也被老師傳染了，雖然完全不了解內情，但也差點流下同情的淚水，只是又硬生生地吞了回去。因為現在是慶祝艷子女士小寶寶誕生的場景。

「順利生下來了，真是太好了。」

老師擠出滿臉笑容，以愉悅的聲音對艷子女士說，並用手梳理她的瀏海。

依鶴龜助產院的做法，寶寶出生後並不會立刻把臍帶剪斷，因為臍帶裡面有很多寶寶身體必須的營養，所以整條臍帶統統歸寶寶所有，等臍帶的一切任務都結束了才剪掉。

艷子女士也是藉著看不見的那條臍帶和人偶寶寶連在一起的嗎？看樣子老師好像是在等那條透明的臍帶完成任務。

那天晚上我幾乎完全睡不著。覺得艷子女士的事情好像不能告訴任何人，所以就連香菜小姐我也不敢跟她報告。

第二天朝會做完瑜珈之後，我一個人走在樹林中，老師突然追上來問我：

「昨天艷子的事情，妳嚇到了嗎？」

香菜小姐因為要做糙米粥所以沒來參加朝會。鶴龜助產院固定提供連續一個星期的糙米粥給產婦食用，因為若不刻意多吃粗食，必要時就無法製造出足夠分量的乳汁。糙米粥也是為了煮給住院中的艷子女士食用。

「是。」

想起昨天晚上的情況，我低沉地回答。老師一反常態露出陰翳的表情說：

「那也難怪。即便是生性穩重的香菜小姐，第一次見到那種情況也是倉皇失措。剛才我打電話向艾蜜莉報告說已經平安順產，艾蜜莉也很高興，因為一開始是我和艾蜜莉同時在場的。」

或許是我想太多了，我覺得老師眼角的皺紋和白髮好像都比以前增加了。

「我要先去一個地方，瑪莉亞將可以陪我去嗎？」

說著邁開腳步朝那個食器的墳墓走去。

灌木林似的地方長著茂盛的草，老師一邊撥開草叢前進，一邊又緩緩開始說：

「艷子的寶寶沒辦法哭出聲來。因為是死產。她說想到鶴龜助產院生產，而專程和她先生一起短期住在島上。她十分積極。我說最好是一天散步三小時，沒想到她就真的開始繞著整個島走。即使我這麼建議，也很少有孕婦確實實行的。

「雖是第一胎，但母子都很健康，情況十分平順，就連經驗豐富的艾蜜莉也確信艷子女士絕對能安產。因為那時候『包』還沒蓋好，所以就像昨天那樣，在母屋那邊開始生產。她先生也在場，一切都很順利。可是途中胎兒的心跳卻突然聽不見了。」

這情況有多嚴重連我都知道。

「我還以為大概是自己耳朵有問題，還叫艾蜜莉也用胎心音監測器確認。可是，果然艾蜜莉也聽不見。我們兩人面面相覷，心想『這不是真的吧』，這種事絕不能告訴眼前正拚命生產的艷子女士，所以當時只能繼續鼓勵她了。

「我們立刻把她送到診療所，再以急救直升機運到本州的醫院去，可是……當時真的好難過。差點就哭了，可是還是拚命忍住。寶寶好不容易生出來了，但即使醫生們盡力搶救，寶寶還是沒有呼吸。不知道過了多久，艷子女士的先生才率先說『夠了』，而艷子女士也同意了。

「晚上一家三口就住在送去的醫院裡。我放心不下而過去探望，發現艷子女士還把奶頭塞在身體都已經發冷的寶寶嘴裡。因為寶寶雖然沒活著生出來，但母親的身體還是會覺得已經生了而準備乳汁，好像就在那時候分泌了好多。艷子女士抱著寶寶露出幸福的微笑。然後，雖然艷子女士一直哭喊著『不要！不要！』但寶寶還是一定要火葬……寶寶的骨灰我就幫她埋在這棵樹下了。」

老師說到這裡才抬起頭。她充滿愛憐撫摸的開在樹上的一朵朵橘色小花。上次艷子女士好像就是站在這附近。

「可是，那個寶寶怎麼會突然……本來不是都好好的嗎？」

我怎麼想都想不透，就纏著老師問，雖然我知道百分之百不是老師的錯。

「本來真的都沒問題呀。不過好像是因為艷子女士的寶寶在肚子裡動過頭了，臍帶糾纏得很複雜。」

「怎麼會……」

那麼不就是自己結束生命，等於是自殺了嗎？怎麼會發生這種事……寶寶難道不會痛苦嗎？

「那是我第一次遇到死產，竟對攸關人命的工作失去自信，那時候真的想結束鶴龜助產院了。可是艷子女士希望我繼續經營。她說，因為這裡是我們的寶寶長眠的地方，而且以後再懷孕還想在鶴龜助產院生。

「可是妳也看到了，她的身體逐漸失衡。這是當然的，因為懷胎十個月又十天所孕育出來的生命竟然就在馬上就能見面的前一刻死在自己體內了。寶寶會這樣其實並不是任何人的錯，可是她好像一直認為都是自己不好，竟然受不了自己繼續若無其事地吃飯、活在世上。後來和先生感情也越來越糟，夫妻感情本來很好的，可是先生卻先行離開島上了。

「大概過了一年吧，艷子女士很興奮地說：『老師，我又懷孕了。』可是我立刻就知道那是假性懷孕。後來好幾次都到這裡來準備生產，但又發現是假性懷孕，可是即使如此還是大致恢復健康了。所以我也下定決心奉陪到底，直到艷子女士的悲傷完全痊癒為止。」

神怎麼會做出這麼殘酷的事呢？不但奪走艷子女士的寶寶，還連丈夫都奪走，不僅如此，還腐蝕了艷子女士本人的身心健康。

我輕輕摸著艷子女士寶寶長眠所在的那棵樹幹。纖細不平而冰涼，和瘦骨嶙峋的艷子女士身體觸感相同。

後來艷子女士在鶴龜助產院住了一個星期。老師、香菜小姐、艾蜜莉和我的舉動都和平常一樣。至於沙米和長老知不知道內情就不得而知了。感覺好像是我們女性同心協力掩護，設法不讓他們兩人看出來。

出院那天，艷子女士把絕不會長大、絕不會哭也絕不會吵著找奶喝的寶寶放進背巾帶回家了。我也和老師及香菜小姐一起目送艷子女士的背影，心裡同時祈禱：希望這樣，累積在艷子女士心中悲傷能夠更減少一些。

當然也不全是這種悲傷的生產案例。

大多數孕婦都會經歷瀕死般的痛苦、哭泣呻吟、大喊，讓人幾乎要擔心她們是不是就這樣再也沒法從動物世界返來。但即使經歷過如此劇烈的陣痛，她們最後還是拚死從自己的產道生下新生命，然後恢復人類的表情，緊摟著寶寶餵乳。我見過好幾次生產現場，剛生下寶寶的母親個個看起來都像從身體裡面發出光輝，不管多具男子氣概的母親也會變得嫵媚，在鶴龜助產院慢慢讓身心休養之後，還會越變越美。

我自己也等著迎接該來的那一天，過程還算順利就是了。為了在鶴龜助產院給老師接生，每天工作的同時也調整身體狀況。當然我還是很不安，也擔心小野寺君現況如何，不過即使想到那些困難的事，思緒也沒法持續太久。這好像也是懷孕產生特殊賀爾蒙的影響。

但頭腦雖然變得遲鈍，心卻反應過度，即便只是在一個小時之內，我也能從悲傷到想哭的心情迅速轉變為開心得想哭，光是隨著自己的情緒起伏就好累。或許就像母親跟在剛了解走路樂趣的孩子後面追著跑的感覺吧。情緒一下子往這邊跑，一下子往那邊跑，完全不曉得要休息。

艷子女士事件以來我經常在想：「要是小野寺君在的話會怎樣？」

他會反對我在助產院生產嗎？還是會贊成呢？會在場陪我生產嗎？還是會因為工作太忙而沒法來呢？

香菜小姐說，有不少孕婦本人希望在助產院生，但因為家人反對，最後也不得不選擇在醫院生。

假設艷子女士選擇在設備周全的醫院生產，那麼寶寶會保住性命嗎？感覺可能會，但也可能不會。因為是假設，所以誰也不知道結果。

只是，不管醫療多進步，也一定有些生命無法被順利生下來，這就是事實。直到我自己懷孕之前都以為，只要懷孕，寶寶就一定能健健康康出生。可是生產雖是把生命生下來的過程，卻得賭上性命。

進入十二月，風變得更冷了，南方小島一直是陰沉沉的天氣。搬到這島上居住之前我完全不知道，南方小島不同於全年皆夏的夏威夷，也是四季分明的。即使白天有陽光也必須穿上長袖刷毛衣，否則就覺得涼颼颼的，連鶴龜助產院的候診室也在前幾天擺出暖桌了。

船班有時因風浪大而停駛，偶爾就會看見被困在島上的觀光客一臉無奈而沒精打采地走在路上。只要看到那些人，老師一定會跟他們寒暄，有時還視情況提供餐點或住宿，就像當初對待我那樣。可是卻沒有人像我一樣就此定居在助產院裡。

氣溫降到十五度以下的那天由艾蜜莉負責做飯。我也說好來幫忙並為員工準備「kamai」肉丸火鍋。現在正是大家懷念熱騰騰料理的時候。

小島話的「kamai」指的就是野豬。據說是以前受老師關照過的獵人特地從旁邊的小島用船送過來的。野豬肉最重新鮮，所以一定要盡快做成肉丸子享用。在南方小島竟也吃火鍋，這真教我驚訝。

在艾蜜莉的指示下，我用菜刀把鮮紅色的肉塊剁成碎肉，再把同樣切碎的蔥花和木耳攪拌進去做成肉丸的原料。菜刀剁在乾砧板上發出的細碎聲音就像打響樂器般有趣。漸漸地，蔥的強烈香氣就散發出來了。

剛搬進助產院時，我盡量不接近做菜現場。可是當孕吐較不嚴重且開始有胃口之後，我對料理的興趣就不斷湧現。

島上的人都是親自動手用島上的食材做自己要吃的東西。這在島上是理所當然的，可是我至今吃的一向都是根本不知道誰做的料理而且也毫不在意，所以對我而言這情況實在很有趣。自己做的話就比買來的便宜多了，而且更好吃，就連調味都能依自己的口味做調整。

怎麼沒早點發現這點呢？如果以前肯為辛苦工作一整天才下班回來的小野寺君做些熱騰騰的美味菜肴，說不定兩人的那一天就能以笑臉圓滿結束。

讓我開始自己動手做料理的人是長老。上個月底長老抓了一條魚來給我，那是條眼睛亮晶晶的紅色魚，他說煮湯很好吃。因為他說只要加點鹽調味就行了，也因為當時肚子正好餓了，於是我就自己試著做了。沒想到雖然味道很清淡，可是卻不至於有不過癮的感覺，真的很美味，甚至覺得自己獨享太可惜了。

於是我對料理的戒心就稍微解除了。要是那次失敗了，恐怕我對料理不在行的自我認知將會變得更牢不可破吧？所以起始的一步能夠順利跨出去真是太幸運了。

只是野豬肉丸鍋看來並不像當初僥倖成功的魚湯那般簡單。一定要用昆布和柴魚片細心地熬煮高湯。對於多少水該放入多少昆布，在什麼適當時機撈出昆布並放入多少柴魚片，我這個料理白痴完全一竅不通。每次問艾蜜莉她都告訴我「酌量」。我從旁觀察艾蜜莉，她的確沒有正確計算分量的動作。酌量我懂，可是艾蜜莉來做是酌量，換成我就變成隨便放了。恐怕得靠經驗累積，最後才能憑感覺就知道分量吧。

可是不管步驟有多繁複，現熬的高湯香味就是能讓人深深感到幸福。說起來，「熬高湯」這說法我也是到這島上來才第一次知道。起初聽到艾蜜莉提到這詞的時候，我一時還無法會意是要熬什麼，不過對這類用字遣詞的方式我也一點一點地習慣了。

大鍋中成功熬出滿滿的清澈高湯。我專注地讓柴魚風味的空氣流進身體裡，希望連肚子裡的寶寶都能感受得到。要是全世界的空氣都這麼香又感覺這麼美味，或許就不會發生無謂的爭吵了。

除了野豬肉丸的原料之外，還要準備其他火鍋材料，長長的本島蔥、本島大蒜，以及本島豆腐。一開始我並不知道本島蔥和本島大蒜和一般蔥蒜有什麼不同，但實際上似乎和我所知的蔥蒜在味道上真有些不同。

本島蔥和本島大蒜是我到田裡請沙米拔的。本島豆腐則是島上的豆腐店每週會送來幾次，所以冰箱裡大概隨時都有。那是他們特地到近海裝取乾淨的海水回來做成的，是質地較硬實的木棉豆腐。

雙手捧著現採的本島蔥和本島大蒜回到母屋廚房時，艾蜜莉正要在高湯裡加入少許的兩種味噌調味。鶴龜助產院的廚房有麥味噌、米味噌、紅味噌、白味噌等多種味噌。我到現在還是搞不清楚它們究竟有什麼不同，可是這回加的是好像是米味噌和八丁味噌。艾蜜莉試試味道，同時滿意地點點頭。

「妳來試試，如果妳也覺得味道不錯，那這樣就可以了。」

這是艾蜜莉的口頭禪。

趁著工作空檔，老師和香菜小姐也就座，大家一起圍著火鍋。今天沒有人住院。原本想在鶴龜助產院生產的法國人娜塔莉女士，離預產期還很久竟然就破水了，因為情況複雜就趕緊從診療所轉到本州的醫院去了。本來排到今天上班的艾蜜莉因為在家也無聊，於是就照預定計畫來做幫手。聽說娜塔莉女士的寶寶是剖腹生下來的。老師總是肯定地說，不管最後用哪種方法，只要寶寶平安生下來，就是最好的生產方式。

大概是聞到味道了吧，吃到一半的時候，連長老也加入了。這天晚上成了熱鬧滾滾的聚餐。因為很久沒吃肉了，大家都很開心，也或許是因為近期沒有人待產吧，助產師團隊也吃得較平常悠閒。有人生產時，別說吃飯了，就連跟生產沒有直接關係的我和沙米聽到某處傳來孕婦的呻吟聲之類的，都會不自主地肩膀僵硬，跟著緊張起來。

邊涮邊吃長長的本島蔥很過癮。本島蒜頭也是整顆塞進嘴巴，一放進嘴裡就辣呼呼的。

「這可以預防感冒喔。多吃點，反正吃火鍋很快就餓了。」

老師嘴裡塞著格外大顆的肉丸子，同時這樣招呼大家。吃著吃著，身體就從腳底開始暖了上來。肉的甜味逐漸釋出，湯頭的味道已是說不出的濃郁。多到絕對吃不完的肉丸子迅速被填進大家的肚子。沒有牙齒的長老專門對付湯和豆腐，但也偶爾喝喝島上釀造的酒，兩頰染上淡淡的玫瑰色，看起來很幸福。

我也忘我地伸出筷子，身體果然懷念著久違的肉味。越嚼越能感覺到充滿野性的味道，不肥膩而清爽，所以再多都吃得下。

最後把麵放進湯裡稍微煮一下。蓋上鍋蓋等麵煮軟時，沙米突然喃喃說：

「話雖如此，我覺得瑪莉亞將最近有點吃太多了吧？」

被戳中要害了。

「因為實在太好吃了嘛。邊想著『怎麼這麼好吃』邊大吃，這可是我有生以來第一次這樣呢。」

我隨便搪塞個藉口反駁他，可是把手撐在身後一看，肚子真的鼓得像個小島。

「沒關係啦，因為寶寶的身體可是百分之百要靠媽媽吃的食物做成呢。」

老師也擺出一樣的姿勢。在場的所有人都像剛才鍋裡的本島蔥一樣癱軟在地，或許這就是老師所謂的放鬆吧。

「既然如此，大家就一起去抓魚吧。自己抓到的魚會更好吃喲。」

過了一會兒，長老熱情地這樣提議。長老是這個聚落數一數二的抓魚達人。

「可是我可能不敢泡到海水裡……」

或許是因為肚子都吃撐了整個身體暖呼呼的關係吧，我竟然脫口說出至今不敢告訴大家的事情，連自己都吃了一驚。

「難不成瑪莉亞將是旱鴨子？」

沙米故意搞笑。

「才不是呢，是因為我打出生以來從沒泡過海水。在游泳池倒是游過。」

我語帶歉意地回絕熱情的邀約，沒想到大家當場不約而同地笑了出來。我一頭霧水地望著他們。

「瑪莉亞將，長老說的抓魚是選在大潮那夜潮水退得最遠的時候，在珊瑚礁進行的捕魚方式啦，就像在海灘上撿貝殼那樣，海水高度還不夠游泳呢。」

老師的話又讓大家笑翻了。

「瑪莉亞小姐，妳一定要去抓一次魚，雖然大潮時生產的人也比較多，所以我們可能不能去。我剛到島上來的時候也請長島帶我去過一次，真的很好玩喲。」

香菜小姐大概是想起當時的光景，兩眼閃著光輝說。香菜小姐的眼眸無論何時看起來都是澄澈無比，就像夜空中最閃亮的星星一般。
「這時期最棒的就是章魚啦，本島章魚真是好吃啊！」
「可是長老自己抓的章魚自己咬不動吧？」
沙米這句話又惹得大家抱著肚子狂笑。
這時麵已經把湯汁全吸光了。香菜小姐突然想到趕緊打開鍋蓋時，麵已經全糊了。大家看到那模樣又笑倒了。我也一起笑到眼淚都流了出來。拜此所賜，煮進野豬肉和各種本島蔬菜甜味的珍貴湯頭真的一滴也不剩。
總之不僅老師，島上的人們都很愛笑。比方說小孩流著鼻涕大哭或是某人襪子破了個洞之類的，不管看到什麼小事都咯咯大笑。起初我還納悶「真有那麼好笑嗎」，可是在島上住久了也就慢慢了解了。因為島上娛樂很少，只要發現一點好笑的小事也要和大家分享，一起開心。這應該是島民想出來的小島生存智慧吧。事實上即使是芝麻小事，大家大聲笑著笑著也就真的變得好笑了，原本懸在心裡的煩惱和擔心也就轉換成「唉，算了吧」、「或許總會有辦法」之類的想法。我活到現在才知道，吃飯是這樣，就連笑這件事也一樣，人越多就越歡樂。
大家吃的雖是野豬肉丸鍋，但卻好像都喝醉了。我記得菜裡面應該都沒放酒。或許是人們在吃到格外美味的東西後，心情就會這樣飄飄然吧。

年關將近。每年到了這時候，我的心情就會變得很低落。今年懷孕，又一直待在南方小島大量晒太陽，所以心想應該沒問題吧，沒想到還是沒用，說不定反而比往常更嚴重。

因為我生日越來越接近了。

我生日是十二月二十五日，就是因為這樣才被取名為「瑪莉亞」，可是到底是不是真的十二月二十五日這天出生的就不得而知了。我也不知道自己真正的生日是哪一天。更何況嚴格說起來，那天是耶穌基督的生日，並不是聖母瑪利亞的生日。

二十八年前聖誕節那天的早上，我被棄置在教堂門口的屋簷下，好像連臍帶都還沒剪斷。有人立刻報了警，我暫時在兒童諮商中心接受保護，後來就被送到育幼院了。為我取名「瑪莉亞」的是那間教堂所在城市的市長，他連名帶姓都幫我取好，當時還為我辦了個人戶籍。

為什麼我知道這些事呢？那是因為小學的時候，設施裡的孩子全都調查了自己的身世。想也知道這樣只會追溯到悲慘的事實，可是因為已經升上高年級了，孩子們自然都會想知道自己為什麼住在設施裡。設施的方針是希望我們調查清楚，而不要獨自悶在心裡。

我在兩歲以前是住在育幼院裡，三歲起就住在兒童養護設施。可是上小學之前的生活我幾乎都不記得。只記得設施書架上有一本喜歡的繪本，我總是不厭其煩地坐在食堂一角反覆翻閱。裡面說的是一對老爺爺和老奶奶住在樹上小屋的故事。老爺爺每天都用樹上的果實熬熱湯給眼睛看不見的老奶奶喝。那湯看起來很美味，每次翻到這一頁我總是忍不住要吞口水。我也好想住在這個家裡，這個住著和藹的爺爺、奶奶的樹上小屋裡。

被養父母安西夫婦認養是在我小學四年級的時候。十多年前，安西夫婦那個和我此時正好同齡的女兒在海邊發生意外過世了。聽說是全家人到海水浴場玩，就在父母親稍微移開視線的空檔竟然就溺斃了。搜索了好幾天，可惜最後屍體還是沒浮上來。

所以我從小到大一直被灌輸「海很危險，絕對不能接近」的觀念。越對我這麼說，我對海的憧憬就越強，可是一旦真的想不聽安西夫婦的叮嚀時，雙腳卻又退縮了。想到海裡有安西夫婦溺死的女兒在，突然害怕她會不會也想把我拉進海裡。對我而言，海是我憧憬的對象，同時也是安西夫婦親生女兒所在的可怕處所。

他們夫婦最重視的是女兒溺死的忌日。那天一定要準備女兒喜歡的料理，翻閱收有許多女兒照片的相簿，聊聊回憶，想想女兒的好。而我也必須在旁奉陪到底。對我而言這一天實在難過極了，完全不知道該擠出什麼表情才對。

當然安西夫婦在聖誕節這天也會幫我慶祝生日。因為養父是法官，金錢方面比較寬裕吧，每年都包下飯店的宴會廳，邀請很多來賓來開party。可是我從來就搞不清楚這天究竟是在慶祝什麼，因為請來的客人全是安西夫婦的朋友。感覺是他們在開年終忘年會，拜此所賜才順便慶祝我生日的。這天我們也會住在飯店的套房裡。

一到年底就忍不住想起這些事情。育幼院的事情我是不記得了，可是無論是在設施或安西家裡，都沒有我的容身之處。

高中的時候，我愛上家教老師小野寺君。安西夫婦激烈反對，但是一畢業，我就像私奔一樣從安西家離家出走，開始和小野寺君同居。後來結婚了，我也總算辦出普通的戶籍，有了容身之處。所以我希望盡早生小孩，增加自己家庭的成員，可是不管兩人怎麼期盼，還是生不出小孩。後來小野寺君變得很忙，雖然同住在一個家裡卻經常遇不到對方，心靈的距離也漸來漸遠，後半段日子就連生小孩的事情都沒做了。

最後總是得到相同的結果。

那就是，並沒有人期望我生出來，我沒有得到任何人的祝福，我這個人的誕生根本就是個錯誤。這個事實就像有人把水戶黃門的官印推到你眼前，你除了認罪之外別無他法。一個慘到被神捨棄、甚至被從天堂扔下凡間的寶寶。那就是我。

隨著聖誕節逐漸逼近，我也和以往一樣，經常在半夜被惡夢嚇醒。那樣的某夜，夢中的我好像正被某種東西追趕著。究竟是誰在追我呢？就在香菜小姐把我搖醒的那一瞬間全忘了。回過神來發現旁邊被褥中的香菜小姐正緊緊握住我的手。

「Cảm Ơn。」

我小聲地說。心臟都還撲通撲通跳著，呼吸也很痛苦，還嚇出一身冷汗，很不舒服。

「hơn sa ở đầu。」

香菜小姐低聲這麼說，並繼續握著我的手閉上眼睛。雖然我不知道這句話的意思，但光是聽這聲音，心裡的疙瘩就變軟了。真不愧是未來的助產師，真教我佩服。陪伴在內心不安的人身旁是她的工作，而她這動作裡卻蘊含著滿滿的關懷且充滿溫暖。

我突然想起剛才夢中被追趕時的恐懼。一直逃、一直逃、一直逃，可是還是感覺一直受到追趕，好可怕的夢。然後我突然「啊」地想到，小野寺君現在一定也正拚命奔逃吧。就像剛才夢中的我一樣。我好像能夠了解小野寺君的痛苦了。

我一手繼續牽著香菜小姐的手，把另一隻空出來的手放在肚子上。小野寺君現在人在哪裡呢？

我之前只知哀嘆自己被拋棄的痛苦，但其實逃走的人也很痛苦。更何況在後面追趕小野寺君的說不定不是別人，就是我。

小野寺君！我在心裡真誠地呼喚。

拜託！一定要活著！

活著，活著，活著，活著，活下來！

只要活著就好，不打拚也無所謂，所以請你不要再逃了。即使不回到我身邊，即使喜歡上別的女人也無所謂。只要活著……

失去小野寺君之後才發現這麼重要的事情，這也實在太諷刺了吧。

不過我也相信，怕我孤單一人，最後還為我留下寶寶，小野寺君果然還是我認識的那個心地善良的小野寺君沒錯。

人海茫茫你卻發現了我，真是太感激你了。

這麼一想，眼淚就忍不住泛濫。大概是發現我在哭吧，香菜小姐改以雙手緊摟著我，或許她覺得光牽手還不夠吧。

「hơn sa ở đầu。」

香菜小姐又說了和剛才一樣的話。一定是沒關係或是放心的意思吧。「honsa ở đầu」、「hơn sa ở đầu」，我也在心裡反覆說著。

「謝謝。」

我的聲音就像夢話一般輕。然後就像有人拿著毛毯輕輕蓋在我疲憊已極的心上似的，深沉的睡眠就此降臨。

不久，聖誕節就到了。

明明都已經年底了，扶桑花卻還若無其事地開著花，這果然是南方島嶼才看得到的光景。

午餐後的午睡時間結束了，沙米、香菜小姐和我三人就照老師交代的，並排站在助產院的母屋前面。

「媽到底在做什麼呀？讓我們等這麼久。該不會是鎖在樹屋裡手淫吧？」

沙米又開始嘟囔起來了。我跟香菜小姐不理他，他又說：

「就已經跟她說我要開始打包明天的行李了，真是浪費時間。」

說著還噘起嘴來。我無法不關心，就問他：

「沙米，你明天要去哪裡？」

「他的爸爸跟媽媽要到港口來接他呢，對吧？他們去年甚至還到助產院這裡來喲。」

沙米沒回答，是一臉知情的香菜小姐說的。

「真的？原來沙米以前是父母親的寶貝兒子呀。」

我故作驚訝這麼說的時候，老師終於出現了。大概知道是聖誕節吧，她今天是紅配綠的裝扮。不知是非洲還是哪裡的民族服裝吧，很適合皮膚黝黑的老師。

「久等了！」

「天寒地凍的，您覺得我們在這裡等幾分鐘了？」

「不好意思，不好意思。」

老師滿不在乎地回答，然後給我們三人一人一個信封。

「每年都會到這裡來的聖誕老公公要我轉交給各位的。今天早上一起放在我枕邊的喲。」

「媽，您說這什麼傻話呀？根本就沒有聖誕老公公。我看大概是您拜託長老或誰寫的吧？」

沙米的語氣還是很不高興。

「到底有沒有聖誕老公公，這誰也不知道呢。」

老師輕描淡寫地頂回去。

「總之信封裡面好像有聖誕老公公寫給你們的信，所以你們要好好讀。今天是聖誕節所以下午不用上班。好！解散！」

老師接著用力拍拍雙手。

我打開寫給我的信封，裡面是一張卡片。

「好！去找寶物吧！先去換上漂亮衣服，也別忘了帶袋子去裝禮物喲。」

這句話的字跡不同於平常看到的老師字跡，是用鋼筆細心寫成的。

我迅速走上鶴龜助產院的二樓，把衣服從自己的衣櫃中拿出來看看。之前在鶴龜助產院生產的產婦借我的衣服裡面，有一件還沒穿過的水藍色洋裝。因為上班穿的話太高級，所以雖然覺得很漂亮卻一次也沒穿過。

從二樓窗戶看出去，沙米正專注地挖開田裡的土，好像在找什麼東西似的。沒看到香菜小姐的身影，可是她一定也正在尋找寶物吧。

穿上鞋子正想出門的時候，突然在鞋裡又發現一張卡片。

「去找啾噗！」

這回是用黃色蠟筆寫的。可是這很難辦到，因為啾噗老是自由自在地任意在遼闊的助產院外圍空地跑來跑去。老師只要用手吹聲口哨，牠不管在哪裡都會飛奔過來。可是我沒用手吹過什麼口哨，肯定怎麼吹也吹不出聲音。真傷腦筋啊！怎麼辦？但這是老師精心設計的尋寶遊戲，要是我中途棄權的話，一定會害老師傷心吧，不，是害聖誕老公公傷心。

我懷著半放棄的心情走向鶴龜灘，沒想到啾噗竟迎面跑來。

「啾噗！」

這是巧合還是有人精心設計的不得而知，但我不由得衝上前去一把抱住牠。啾噗的脖子上綁著一個大紅色的蝴蝶結，仔細一看，蝴蝶結上面好像還寫著字。

「活著的東西，全部、全部都好可愛，對吧？」

然後還有：

「沿著這條小路往上坡走有個隱密的房子。去把門打開吧！」

這就是上面寫的訊息。

即使都已經冬天了，但植物還是理直氣壯地長得很茂盛，我撥開一條路，往樹林深處前進。這是我截至目前為止從未踏入過的地區。但或許是有啾噗作伴吧，我竟一點也不覺得害怕。

途中長著本島檸檬樹。樹上結了許多黃色的果實，簡直就像掛滿吊飾的聖誕樹。林間傳來清脆宛轉的鳥鳴聲。

不知道走了多久，眼前突然出現一個小屋模樣的東西。我心裡七上八下地推了推門，門就發出「軋——」的聲音，同時慢慢打開了，躍入眼簾的是許多水果酒和酒瓶。或許這就是之前老師給我那張地圖上面所點出的隱密小屋「酒吧」。

水泥牆上裝飾著幾張美麗的黑白相片，拍的好像是昔日的島上風光和島民。助產院裡竟然還有這種地方。這酒吧真是漂亮得希望永遠保持它的隱密性。吧檯並排著大約五張形狀完全迥異的高腳椅，牆邊還放著沙發。環視屋裡，發現沙發前的茶几上有個小盒子。

「啊！」

我不禁高喊。盒子上綁著一個漂亮的藍色蝴蝶結，是聖誕老公公送的禮物。我連忙走過去坐在沙發上並拿起盒子。我壓下亢奮的心情，解開蝴蝶結並把包裝紙拆開。可是，打開蓋子，裡面卻是空的。咦？是忘記把禮物放進去了嗎？我再次確認，這才發現盒底寫著一行小小的字。

「看看窗外！」

我站起來走近牆上的圓形窗戶，然後就在我打開窗戶並探出頭去的瞬間……

「祝妳生日快樂！祝妳生日快樂……」

大家開始齊聲唱起生日歌。

咦？今天明明是說要慶祝聖誕節的呀。可是我聽見的的確是生日快樂歌。老師、香菜小姐、沙米、艾蜜莉、長老，甚至還有啾噗。剛才明明都還跟我在一起的，是趁我不注意的時候跑掉的吧。啾噗的尾巴像節拍器一樣不停搖擺。

他們到底怎麼知道今天是我生日的？我不記得曾經告訴任何人呀。可是聽到大家的歌聲，心底就不斷湧起帶著害臊的喜悅。

「瑪莉琳生日快樂，祝妳生日快樂……」

我一直以為只是要慶祝聖誕節的，真的是讓我大吃一驚。

「瑪莉琳，生日快樂！」

唱完後大家齊聲這樣喊道。

「謝謝。」

我說完後眼眶瞬間溢滿淚水。

沒錯，真的是這樣沒錯。能在這島上遇見這些人，對我而言這就是最好的禮物。

唱完後大家就走進酒吧，每個人都對我說：「祝瑪莉琳生日快樂。」他們竟然叫我瑪莉琳。從小就沒人用這暱稱叫過我，所以感覺有些難為情，但老實說心裡很高興。

「瑪莉琳的生日竟然和聖誕節同一天，真教人嫉妒呀。這可是雙重喜氣呢。」

第一個說話的是香菜小姐。

「可是你們是怎麼知道我生日的？」

我納悶地提出疑問，這時老師「哼哼哼」地笑著說：

「因為瑪莉亞將的所有事情我全都瞭若指掌呢。」

說著還得意地竊笑。

「因為呀……」

香菜小姐正想說什麼，這時候我突然「啊」地想起來了。我確認道：

「保險證？」

「答對了！」

沙米滿臉知情地舉起一隻手。

香菜小姐慎重地分切蛋糕捲。據說這條蛋糕捲是最近才移居島上開蛋糕店的年輕人特別為我做的。之前島上連一家糕餅店都沒有，所以即使很想吃鮮奶油蛋糕也只能忍耐。本來孕婦是禁食甜點的，但老師今天對我也特別通融。

分配蛋糕的時候，老師遞給我一個禮物。

「這是我送妳的。」

她若無其事拿出來的是一本連包裝紙都沒有的光溜溜的舊書。

「這是我師傅整理出來的按摩手冊，我也是看著這本書練習的。」

一翻開書頁，就像在講述老師的歷史似地飄出一股似乎調和了許多精油的複雜香氣。有好多地方畫了線或以鉛筆寫下備忘，還有油漬等，看得出來老師曾多麼慎重地使用這本書。

「謝謝！」

真的好開心，我把書緊緊抱在胸前向老師道謝。雖然老師上次說我可能有按摩或撫觸療法的才能，但後來因為太忙而一直沒有具體行動。

「不過，最有效的學習是讓自己接受好的按摩。」

「不是幫人家按摩？」

「沒錯。不這樣的話，就無法了解實際上怎麼被按會比較舒服，對吧？所以從現在起，我在幫孕婦按摩的時候，妳也實際地來感受我手的動作。」

「我知道了。」

我精神充沛地回答。

「那麼，大家吃蛋糕吧。」

老師對其他人招呼道。「開動！」大家異口同聲說完後就默默地吃了起來。

這是自從到島上來以後第一次吃到像樣的蛋糕，我的心幾乎忍不住要跳出來了。心頭小鹿亂撞的同時，我拿起叉子切下一塊含進嘴裡，鮮奶油微微散發出黑糖和巧克力的香味，感覺在舌上就融化了。大家一起喝著本島茶葉做成的紅茶。蛋糕捲和紅茶在島上可是奢侈品中的奢侈品呢。對於無法分享箇中醍醐味的其他人，我真是深感抱歉。

聖誕老公公送給香菜小姐的禮物是到家鄉越南的來回機票。說是因為她在助產院每天都很忙碌，所以很久沒回家了。機票的日期正好是舊曆過年那時候。

「可是，妳得乖乖回來喲。因為香菜小姐不在的話，鶴龜助產院就沒辦法經營下去了。」

老師邊吃著手上的蛋糕邊說。

「這樣好像很不公平耶！」

一旁的沙米又像平常一樣嘛起嘴來。沙米的禮物是馬鈴薯。他說田裡就只埋了一顆綁著紅色蝴蝶結的馬鈴薯。

「大概是因為你剛剛說世上沒有聖誕老公公吧。他只會來找相信的孩子。只拿到馬鈴薯你也該高興，那可是很好吃的馬鈴薯喲。希望你好好拿去種，然後大豐收。人家我這把年紀了還是相信聖誕老公公會來，所以，你看，我得到這麼棒的禮物！」

老師掏出原本躲在衣服裡看不見的項鍊，驕傲地展示給大家看。

「好漂亮！」「好美！」

我和香菜小姐的聲音完全重疊在一起。那是白色貝殼和幾顆石頭組合而成的典雅項鍊。這一定是老師為了犒賞自己而買給自己的禮物。

我隨即依序為在場眾人捏捏肩膀，以感謝他們為我慶祝生日。捏了才知道每個人的肩頸真的是情況各異，痛和舒服的感受點也都各不相同。

「功夫還沒到家，不過只要努力應該還能有點水準吧。」

沙米裝模作樣地這麼說，不過他說的卻是真的。我決定從現在起開始努力，要接觸一千甚至兩千個人的身體，如此一來，這雙手或許就能成為謀生的工具，因為我必須扶養這個孩子。我把老師送我的書小心翼翼地收進背包裡，以免遺失。

後來，告別了說要和啾噗去散步的長老，我就和老師、香菜小姐及沙米四人走向鶴龜灘。天空是一望無際鮮豔至極的粉紅色，彷彿正要去參加舞會而抹上胭脂。波浪就像把極光捲進裡面似的，邊閃著彩虹的光輝，邊在海面上嬉戲。

現在或許可以把事情真相告訴大家，因為他們都已經這樣接受我了。我再也受不了一直隱瞞事實了。拚命抱著不敢對任何人說的祕密而瑟縮著身體，我為這樣的自己感到可恥。

我鼓起勇氣，為了讓走在最後面的香菜小姐和沙米都能聽見，我刻意以較平常大的音量說：

「其實我是棄嬰。」

明白說出來的瞬間，以往壓抑在內心深處的種種情緒就倏地往外湧出，像洪水一般幾乎吞噬了我。始終無法接受自己是棄嬰這件事的幼年時的自己正皺著臉嚎啕大哭。我勉強冷靜地開始敘述，彷彿說的不是自己而是他人的人生。

「才剛出生就被丟在教堂門口。所以真正的生日或許並不是今天。」

可是才講到這裡，我的情緒就爆發了。既痛苦又難受，連呼吸都沒辦法。我拚命忍耐，稍微暫停，並對另一個年幼的自己說：「今天絕對不能哭，因為現在要是哭，就輸了！」我內心正在天人交戰的時候，老師、香菜小姐和沙米都認真地守護著我。他們不會摀住耳朵，一定會聽我說到最後吧。我繼續說：

「兩歲之前被安置在育幼院，接著在設施裡成長，後來在小學四年級的時候被收養。養父母的親生女兒在海邊發生意外過世了……所以也要我絕對不能接近海邊。後來我也被迫和那女兒一樣學芭蕾舞，可是我很不喜歡。不只是這樣，我從頭到尾就像是那女兒的翻版。要是做出和那親生女兒不一樣的事情，他們就會說『她不是這樣』，而且立刻就哭了。那一直讓我很痛苦，我明明是我呀……」

面對著海，我竟不可思議地勇敢說出事實，或許我早就想告訴大家了。老師、香菜小姐和沙米只是靜靜地側耳傾聽，對我的話不作任何評論。

「十五歲的時候終於有了喜歡的人。那時候我好高興、好高興，瞞著嚴厲的養父母偷偷去看電影或外宿，才知道自由原來是這麼回事。於是十八歲就離開養父母家開始和他同居。兩個人都很想要孩子，可是卻一直沒懷孕。然後有一天他突然消失了。我完全被打敗了。人生中竟然兩度成為棄嬰。」

沒辦法好好做個總結，我最後故意亂說。直到剛才都還洶湧不定的海面現在就如沉睡般寧靜。天空溫柔地俯看著大海。大海和天空總是這樣彼此凝望，然而卻絕對不可能有交集，真是太可憐了。

「我早就覺得應該有什麼……」

一直靜靜聽我說話的老師望著海的另一邊輕聲說。她把綁在後面的頭髮放下來了，所以魔女似的花白長髮正迎風飛舞。

剛才一起聽著我敘述的沙米和香菜小姐現在站在離我們有一點距離的地方，正丟著木棒嬉戲。或許是刻意避開，好讓我和老師單獨談談吧。啾噗大概也跟著回到鶴龜灘了吧，聽得見牠的叫聲隨風飄來。

老師靜靜邁開腳步，我跟在她背後逐漸走到海岬那邊，有許多大石頭，像極了顏色、形狀都很詭異的擺飾品被隨意散置在海邊。

「瑪莉亞將，妳覺得被生下來幸福嗎？」

老師撿起散落在腳邊形狀奇特的貝殼，同時沒頭沒腦地問我。這問題我沒法立刻回答，因為小時候太多痛苦的經驗了。回顧自己的人生，實在無法肯定一切。

「我是棄嬰，所以『沒有母親』這件事就已經讓我很悲傷了。」

這是我真正的感覺。這時，老師目光炯炯地回望著我說；

「怎麼會沒有！妳也有肚臍呀，不是嗎？那就是有人把妳生下來的證據，是妳在母親子宮受到十個月又十天保護的證據。我想妳媽媽一定是很努力、很努力，同時還要忍著痛，才把妳生下來的，因為生產絕對沒有輕鬆的。而且瑪莉亞將妳自己也很努力被生下來的。一定是妳一點一點把自己的頭塞進媽媽狹窄的骨盆，依自己的意思邊轉動邊努力被生下來的。」

「可是這些哪能確定？說不定是用剖腹產的，也或許打了無痛分娩針。」

雖然我覺得自己有點強詞奪理，但還是忍不住反駁。

「也是啦，不過妳媽媽無法養育妳，一定有她的苦衷吧。」

「可是我絕對無法了解拋棄剛出生嬰兒的母親究竟是怎麼想的。雖然老師說她無法養育我一定有她的苦衷，但也可能是因為發現的時候已經不能墮胎，只好生了再丟掉。」

我說著說著，感覺一股岩漿般的憤怒湧了上來，直衝出我的身體。或許我以往一直把這股巨大的情緒鎖在心裡某處吧。憤怒猛然膨脹，我一直拚命忍耐，但豆大的淚水還是啪搭啪搭地從兩頰滴落。我握緊拳頭。

「可是，瑪莉亞將好歹並不是被丟棄在腳踏車車籃或廁所裡吧？是好端端地放在教會屋簷下方呀。溫柔的人才會想到那樣的地方，怕妳感冒而選擇暖一點的地方。光從這點來看，我就覺得妳媽媽很溫柔。之前大概跟妳提過，很多小孩在出生之前，連名字都還沒取就被殺死了。」

「可是……」

我拚命等著奪眶而出的眼淚止住。

「不知道母親是誰和沒有母親是一樣的情況吧！」

我已經搞不清楚這股忿怒是針對老師，還是針對當年拋棄自己、甚至不識得面貌的母親。老師等我大致止住哭泣之後，又繼續說：

「的確可能是這樣，可是如果瑪莉亞將還在媽媽肚子裡的時候就被墮胎，那就看不到這麼美的夕陽，也吃不到好吃的飯，更無法遇見我了呀。所以我非常非常感謝瑪莉亞將的母親，因為她把妳生下來了。妳媽媽沒養育妳長大，的確失去做母親的資格，但有人在冷天中順利發現妳這個嬰兒，有人在育幼院幫妳換尿布，妳有幸和供妳上學的養父母相遇，又和喜歡的人邂逅並和他戀愛，後來有了家庭也結為夫妻，現在妳肚子裡又懷了他的寶寶，不是嗎？這實在太幸運了呀！瑪莉亞將真是個幸運的人。只要時間上稍有差池，就不會是這種情況了。因為懷孕真的是很神祕的事情，簡直就是奇蹟。」

「可是不管從旁人的角度看起來有多幸運，我一直是既痛苦又悲傷。因為我從來沒被任何人擁抱過！」

「就連妳先生也沒有嗎？」

「有是有，但那意義是不一樣的。我剛指的是母親。而且，就連養父母也……」

說到這裡，我忍不住像個孩子似地哭出聲來。其實成為安西夫婦養女的時候我很高興，以為終於可以要人抱抱我了。但他們卻不把我視為個人，只是把我當成死去女兒的替身，不管在我多難過的時候也沒想到要抱我。

「不管怎麼說，小孩是無法選擇父母親的。遇到好的父母親就很幸運，但要是遇到不好的父母親就一輩子辛苦。這真是太不公平了。我到底是做錯什麼事要受到這種懲罰，現在還落到這下場呢？」

潰堤而出且無法收拾的情緒讓我連站著都覺得難受，於是就在海灘上蹲下。一個大浪正好打來，牽動了我腳邊的沙。這時覺得側腹好像有點扭到。

老師大概是看不下去了，也蹲在我身旁，輕撫著我的背。我完全不理會，只是低著頭繼續哭。

「反正老師根本就不了解我的痛苦。老師蒙老天爺眷顧，又能做自己想做的事。我也希望像老師一樣活得那麼堅強，也希望能像香菜小姐一樣樂觀進取，就連老是依自己步調行事的沙米我也很羨慕。結果卻只有我老是扯後腿，一無是處！」

我已經半自暴自棄了。既然要惹老師討厭，就乾脆讓她討厭到底好了。可是老師還是繼續輕撫著我的背。

「瑪莉亞將，我看起來真的那麼堅強嗎？還有，香菜小姐，嗯，妳知道她為什麼老是穿著越式旗袍嗎？」

老師冷不防地提出一連串讓人摸不著頭緒的問題。即使我心想「因為她是越南人啊」，但終究沒這樣回答。

「還有沙米，他是花了多少時間才能自由地表達自己的意思呀！」

猛然一抬頭，看見沙米和香菜小姐現在已經改玩捉迷藏了。啾噗也加入他們，兩個人加一隻狗一起玩耍。香菜小姐高聲嚷著，她美麗的越式旗袍裙襬彷彿就要融入幽暗的暮色中。遠遠望著這光景，我激動的心情稍微平靜了些。

「我呀，很容易悶悶不樂，沒耐心又膽小。」

「完全看不出來呀。老師無時不刻都保持正面思考，而且什麼都會，是個完美無缺的人。」

我把我一向的感覺直接告訴老師。老師聽了突然咯咯大笑。

「瑪莉亞將，妳太抬舉我了。就算我看起來什麼都會，也只是因為我比你們年長，因為我有很多的失敗經驗。而且妳有這種感覺，應該是因為我當時和別人在一起吧。人呀，與獨處的時候相較之下，和別人在一起的時候都會變得比較好。如果喜歡那個人就希望對方能更喜歡自己，所以我一定也是這樣，和瑪莉亞將你們在一起的時候，應該會比平常更努力發揮。」

「事情才沒那麼單純……」

可是我和小野寺君一起生活的時候，的確也對垃圾分類之類的事情特別用心。不過這在程度上的差別實在太大，真丟臉。

「哎呀，活著總是有很多情況啦。」

老師像個少女似地迅速站起身來。因為我的緣故，老師的草鞋全沾滿沙了。

「現在大家都活得好好的不是很棒嗎？瑪莉亞將也是。我是指妳在這裡。」

我也哭累了，於是跟著站起來。兩個人聽著「唰唰」的海浪聲，過了一會兒，老師又緩緩地以紡紗般的溫柔語氣說：

「瑪莉亞將，從今以後妳一定要很幸福喲。」

「我這種人？」

「什麼『這種』？」

「因為我是垃圾呀。棄嬰就是垃圾。」

我才剛開口，老師的手就瞬間抬起。剎那間我以為要被甩耳光，趕緊反射性地避開，這時耳邊立刻聽見老師的聲音：

「瑪莉亞將，謝謝妳活到今天。」

回過神來，發現自己整個人已被老師環在臂彎裡。

這還是第一次有人對我說「謝謝妳活到今天」。眼淚又不由自主地湧了上來，但這回是高興的淚水。

老師的臂彎既柔軟又溫暖，和被小野寺君抱著的感覺有些不同，好像被鬆軟的果凍包住似的，好舒服、好舒服。

「我可不可以偶爾也叫老師『媽媽』？」

維持被摟住的姿勢，我用含糊的聲音問老師。

「當然呀。喜歡就叫吧。」

「謝謝。」

這麼說的時候，我又覺得側腹出現類似扭轉的感覺，而且比剛才還清楚。這一瞬間我忍不住大叫出聲。

「怎麼了？」

老師詫異地看著我。

「寶寶剛剛動了！」

我大聲這麼說，香菜小姐和莎米也跑了過來。我又驚又喜，不知道要發生什麼事。那是身體好似輕飄飄地浮在半空中的不可思議的感覺。啾噗也一副「到底發生什麼事」的模樣，興沖沖地跑過來。不一會兒，我的肚子就貼滿大家的手掌。

「真的在動。」

「我第一次摸到孕婦的肚子。」

「瑪莉亞將老是說『自己孤獨一人、孤獨一人』的，所以寶寶才會踢媽媽的肚子說：『我也在這裡呀！』」

「咦？是男生自稱的『我』字？」

「喔，不，我剛剛是隨口說的啦。」

老師連忙收回她的話。因為鶴龜助產院的規定是，寶寶誕生之前絕不能透露寶寶的性別，所以我也不知道肚子裡寶寶的性別。雖然老師的話讓我懷疑「或許是」，但目前還是覺得只要平安生下來就好，是男是女都無所謂。

「啊，總有一天我也要在海裡游泳喲！」

我高舉雙手望著海平面的方向大喊。或許我一直都在嫉妒安西夫婦那個死後依然受到溺愛的女兒吧。明明有我在身邊，他們兩人卻永遠只聊著親生女兒的事情。或許就是這樣，我才會一直吃她的醋吧。

天色已經開始轉暗，皎潔的月亮出現在老師的右肩上方。

今天的月亮笑著，是咧嘴的笑，嘴巴像吊床似地大大向左右張開。我似乎連兩頰擠出來的酒窩都看得見。

但生日的事情還有續集。

走回母屋的路上，我情不自禁地對即將回家陪父母親過年所以要打包行李的沙米說了不該說的話。或許是因為我終於說出自己的心事，心情一下輕鬆了起來吧，一開始我的語氣的確有些輕佻。

「好好喔，有老家可以回。即使有些不愉快，總是有個可以回去的地方。」

其實這真的是無心之言，但沙米的反應卻很敏感。

「這什麼話，妳幹嘛用那種有點挖苦人的說法？」

平常總是笑臉迎人的沙米突然一反常態，滿臉嚴肅地把我頂回來。

「我沒挖苦，是事實呀。因為我這個棄嬰孑然一身，根本沒地方好回。」

我暗中祈禱別把沙米惹得更毛，同時說出自己的想法。沒想到卻反而招來反效果。

「滿嘴『棄嬰、棄嬰』的，不必那麼引以為傲吧。」

「我哪是引以為傲呀。」

「不，瑪莉琳妳東拉西扯的，看起來妳就是一直緊抓著這件事不放，把這當成自我認同。」

這時香菜小姐插進來幫我打圓場：

「她沒那樣說吧。」

老師應該聽得見我們的對話，但卻不發一語，只顧著跟啾噗玩。啾噗和老師專注地彼此凝視，就像正以只有他們兩個才懂的語言交談著。和他們那種靜謐的氣氛正好相反，我們這邊拌嘴越來越激烈。

「首先呀，老是露出只有自己在受苦似的表情就教人不爽。」

「我可完全沒這意思。」

「就算沒這意思，可是瑪莉琳的態度表現出來就是這樣。」

「表情不開朗是因為天生如此，我也沒辦法。你幹嘛為這種事情生氣？我說我羨慕沙米你是好人家的孩子，有父母親，關係又好，這樣為什麼不行？更何況沙米本來就特別受父母親疼愛，不是嗎？」

如果不是這樣，就不會大老遠到這裡來接已經快三十歲的孩子了吧。沒想到沙米卻更厲聲說：

「我可完全沒批評過瑪莉琳的臉長得怎樣喔，而且我也不是因為想回去就回去的。」

「既然這樣就不必回去呀，不是嗎？」

「就跟妳說不能那樣！」

沙米不知道怎麼會氣成那樣，整個臉漲得通紅，接著就哭了起來。

「笨蛋呀，男生還動不動就哭。đốt tiền！」

這下該香菜小姐迎戰。她最後比手畫腳說的那句越南話我雖然不懂意思，但從香菜小姐兇巴巴的模樣就可以充分了解，那一定不是什麼好話。香菜小姐情緒似乎還沒平靜下來，又繼續大罵：

「你既然是個旅人，那就早點出發進行你的環遊世界之旅啊！明明連護照都沒有。

這種人就是所謂『自己號稱旅人』的人。」

「咦？原來沙米是這樣呀？」

我吃驚地喊道。

「多嘴！」

沙米大聲怒吼，又說：

「什麼意思嘛！每次都排擠我！艷子女士那次也……」

沙米剛起了頭，就用力吸了吸流出來的鼻水。鼻子下方還亮晶晶的。但即使如此，沙米還是繼續說：

「妳們以為艷子女士的事情我一點都沒發現嗎？」

話題突然轉到艷子女士的事情，我和香菜小姐都說不出話來，這時老師終於插手了。

「沙米，那件事不一樣，是因為我沒明說。」

「媽，妳別說話！」

沙米漲紅臉兇巴巴地說，接著甚至開始抱怨起香菜小姐做的菜。

「而且又不是任何東西都能放香菜！」

沙米兇巴巴地罵道。

「我只是以為大家都喜歡……」

連香菜小姐也開始啜泣起來，我也好想哭。這下沒辦法收拾了。大家都累了，而且事情變得太複雜，已經不知該如何收尾了。

「我說呀，不好意思，我很冷，所以要先回去了。你們難得有這機會，不如吵個夠吧？我覺得有時候毫無顧忌地說出彼此的意見也不錯。」

老師優哉游哉地丟下這幾句話之後，就帶著啾噗迅速走回樹屋那邊去了。

不可置信的是，我們三人的談話，或者該說是拌嘴，最後竟然一直持續到半夜。途中轉移陣地到沙米住的洞窟裡去，肚子餓了甚至還吃泡麵。但還是沒平息沙米的怒氣，男女雙方拌嘴拌到最後都沒有交集。最後三個人都累垮了，我跟香菜小姐就客套地說聲「新年快樂」，然後就離開洞窟。

第二天沒見到沙米。沙米沒跟任何人道別就搭船回家過年了，只剩下我和香菜小姐留在鶴龜助產院。仔細想想，兒子都這把年紀了還特地大老遠來接他，其中一定有什麼原因。或許沙米也很痛苦。無法形容的鬱悶心情一直堵在我的胸口。

年底剛好遇到漲潮。有個三十多歲姓丘的臨月孕婦，為了方便她隨時都能過來，所以鶴龜助產院也沒特別做什麼，依舊平常度日。但畢竟這時期都沒有住院母子，所以助產院很安靜。不過我想這多半是因為沙米不在的緣故。本以為這樣很清淨，但卻反而因為太安靜而覺得有些美中不足。

元旦的早晨，老師為我煮了年糕湯。

「不好意思，實在太過簡單了。」

老師這麼說，而她為我準備的年糕湯看起來還真的很陽春。烤年糕下方鋪著兩公分見方的昆布，此外就只在年糕上灑些柴魚片。加進去的多半不是高湯，而只是澆上熱水。湯裡既沒雞肉也沒山芹菜，但不知為何卻好吃得讓人感動，也可能因為是盛在平常總是收在碗櫃最裡面的漆碗裡吧，心情都激動了起來。

「以前我家很窮，所以過年也只能吃這樣，不過現在過年要是不吃這樣的年糕湯，就覺得渾身不對勁呢。」

老師一臉幸福地喝著碗裡的湯。

「老師您上次說您是哪裡出身的？」

老師已完全適應南方小島而讓人產生她是島民的錯覺，但其實並不是這樣。

「我一直都住在北方，又寒冷又窮困，一直希望搬到暖一點的地方，最後竟來到這麼南方的小島來。」

她臉上浮現好似看到遙遠故鄉景色的表情，然後帶著沉穩的微笑說：

「我的父母親都是自殺身亡的。」

香菜小姐知不知道這件事不得而知，但我們兩人都沒回話，沉默了好幾秒鐘。老師又繼續說：

「所以我很希望從事和生命有關的工作。大概是想爭口氣給丟下我尋死的父母親看看吧。可惜因為種種原因沒辦法當醫生，於是想說就當護理師吧。妳不覺得把丟下孩子自己去死的行為很差勁嗎？所以，我希望把鶴龜助產院打造成全世界最舒適的助產院的原因，與其說是為了母親們，其實更是為了那些孩子的未來。若母親能夠舒適地分娩而產生『啊，生下這孩子真是太好了』的感覺，我想光是因為這樣，孩子就能擁有安穩的未來。因為世上有太多孩子被當成父母親宣洩壓力的對象而遭到暴力對待。不過說來諷刺，假如我父母親健在，我就不會成為助產師，而鶴龜助產院也不會誕生。所以我對那樣的父母親還是心存感激。」

「對不起。」

我突然感到羞恥。

因為我一直不知道大家其實都很艱苦，或許還以為只有自己在受苦而一路耍賴，就像沙米當時說的。而且我還對沙米說了很過分的話。

香菜小姐趴在餐桌上，雙肩不住顫動。

「像沙米那樣父母親健在也難過，像瑪莉亞將那樣不認識親生父母也難過，像香菜小姐那樣父母親意外喪生也難過，像我一樣父母親因自殺身亡也難過。這究竟是怎麼回事呢？家人之間彼此有著不可分割的羈絆，但只要稍有差池就會變成受詛咒的束縛。但也因此而能遇見不具血緣關係的兄弟姊妹。所以上帝是公平的呀，不是嗎？何況我們現在能在這裡從事攸關嬰兒誕生的神聖工作也都是拜此所賜呀！」

然後老師一口氣把碗裡的湯喝光。

「怎麼好像大過年的就害妳們心情鬱悶，對不起。對了，我們去泡溫泉轉換一下心情吧。反正丘女士的寶寶大概暫時還不會生。」

「海邊的露天溫泉對吧？」

原本趴在桌上的香菜小姐突然爬起來兩眼發亮地說，她的兩頰上還留著淚水流過的痕跡。

「海邊的露天溫泉？」

「對了，瑪莉亞將還沒去過呀。遼闊的大海就在眼前展開，很舒服喲！不過要是被沙米知道我們自己跑去，恐怕又要嚷著說我們排擠他了。一定要保守祕密喲。」

老師說著吐吐舌頭。老師能這樣收拾情緒並堅強地切換至幽默，我覺得她真的很厲害。

「我去準備所有人的毛巾！」

香菜小姐啪搭啪搭地疾步衝上二樓，活像個忍者似的。

立刻就決定由老師開車前往露天的海邊溫泉。

「南方小島的居民反而怕冷，所以冬天是不泡露天溫泉的。這種時候還在戶外泡溫泉，也只有內地人才會做這種事了。」

老師一邊在停車場倒車準備停車，一邊告訴我。似乎每個島都是這樣，原本在島上出生的人和從其他地方移居過來的人之間總是涇渭分明。不知道什麼時候老師曾對誰說過，即便在這個島上住了三十甚至四十年，內地人還是內地人。可是，我的孩子會是怎麼樣呢？即使內地出身的母親在島上的助產院生下他，人們也不會承認他是島上的人吧。

我在更衣室裡邊想著這些事情，邊脫衣服，然後把脫下來的衣服收進置物櫃。鎖上之後突然靈機一動，站到全身鏡前看著自己。現在的我就像歷史課本照片裡的土偶。懷孕即將滿六個月的肚子大到任誰都看得出來。懷孕前是凹陷進去的肚臍也被從內側推出來，如今就像寫著「の」字。再仔細看看，發現體毛也變得濃密，下腹部像顆奇異果似地長滿粗硬的毛。據說這是因為懷孕後不僅女性賀爾蒙的分泌會增加，男性賀爾蒙也會，但生完之後就會像沒發生過似地恢復原狀。還有兩個燒焦似的深黑色乳頭。我聽說過這是為了讓寶寶容易找到吸奶的地方所以顏色會變深，但實在沒想到會變得這麼黑，連我自己都嚇了一大跳。鶴龜助產院的浴室有些昏暗，所以我之前都沒發現。

雖然是自己的身體，看著卻覺得可怕，我快步走向浴池。池內沒有人，好像被我們包下專用似的。

從位在高臺上的露天溫泉可以遠眺大海，這和從鶴龜灘看到的海完全不同。黑絲緞般的大海只是不停地翻騰，但即使天候如此不穩定，還是有人在衝浪。

我率先泡進浴池，這時老師一邊抖著聲音大喊「好冷！好冷！」一邊小跑步地跑進來。她把溫泉淋在身上沖洗後就迅速跳進浴池。「唰」的一聲，水面晃盪甚至激起了波浪，我的身體也隨之搖晃，這時溫泉湧進了嘴裡。南島的溫泉嘗起來有點鹹鹹的，有高級昆布高湯的味道。

老師這人……有時把苦瓜汁裝進水槍射沙米，有時又像現在這樣猛然跳進浴池裡，有時又滿不在乎地胡亂做些孩子氣的事情。而那也都是十分認真的。像個孩子般天真無邪玩耍的記憶，我幾乎沒有。在設施的庭院盪鞦韆或玩沙的時候，腦袋一角也必須像個大人似地想著「今天也能好好吃飯嗎」、「零用錢還夠吧」之類的問題。可是看到老師這樣我也受到鼓勵，即使現在才開始也不嫌晚。

「這裡真的是南方小島嗎？真的不是日本海嗎？」

香菜小姐也冷得瑟縮著身體走進浴池。這時我看見她左手腕有無數條像是抓傷的線。我忍不住別開眼睛，覺得自己看到不該看的東西了。我以前確實經歷過許多痛苦，但卻從未想到要傷害自己。原來香菜小姐不一樣。她當時是怎麼想到要傷害自己的呢？光是想像我就覺得背脊發涼，感覺好像有人拿著利刃抵在我手腕似的。我一點也不特別。每個人都是把傷痛藏在心中某個角落而活在世上的。

海面上吹來的風很冷，我因此縮著身體。抬頭一看，天空布滿了厚重的烏雲。南方小島之所以會吹起舒適的風就是因為有這種陰天。原來爽朗的藍天是之前下過很多雨的證據。

從右邊開始依序是我、老師、香菜小姐，我們面朝海邊，雙手抓住浴池邊緣延伸著身體。從後面看起來就是個完美的「川」字。而且每個人的屁股就像桃子一樣飄在水上。因為風很冷，如果不完全泡在水裡，很快就會覺得冷。

三個人望著海面，過了一會兒，在我旁邊的老師說：

「我只要覺得心情有些鬱悶，就會一個人到這裡來唱歌。」

「什麼歌？」

我問老師。

「不能講啦，因為都是當時即興唱的，不過副歌的部分應該都不會變。」

老師說到這裡突然大聲唱了起來：

「小龜最可愛呀！小龜最了不起！」

剛剛還說不能講，可是現在卻公開了一部分。雖是亂七八糟的旋律，但她顯然毫不在意，只管大方地唱出聲來。接著又把「小龜」的部分改成「瑪莉亞將」和「香菜將」，分別用同樣的旋律唱出來。唱到一半的時候，我和香菜小姐也一起加入。

雖然只是個小遊戲，但唱出聲來就好像獨創的加油歌似的，情感的花朵彷彿也慢慢地綻放開來。唱到最後心裡已開出五彩繽紛的美麗花束。

「老師？」

過了一會兒，我望著起伏不定的海面對老師說：

「我真的夠格當母親嗎？因為我完全不知道『當母親』是什麼感覺。我有時候覺得這孩子很可憐。人一定要知道被愛的喜悅才能去愛別人吧？我實在搞不清楚自己到底有沒有被愛的經驗。有我這種母親會幸福嗎？」

這是我目前真實不虛的心情。有時候會握緊拳頭決定「好！就生吧！就養吧！」是百分之百積極樂觀的心情，但有時候還是會擔心從來不懂母愛的自己絕對沒辦法單獨養育孩子，因而陷入沮喪的心情。我的心情就像翹翹板似的，時時起伏不定。不過無論我再怎麼迷惑、猶豫，甚至想按下暫停鍵，我的肚子卻和我的思緒完全不相干，依然每天確實地膨脹。還曾經明確發現僅僅是在一天當中，晚上也變得比早上大。就像被裝了定時炸彈似的。有時候覺得很害怕，甚至想逃走。但即使如此，肚子裡的孩子依然一直黏在我身上，所以是拿它一點辦法都沒有。

「寶寶可沒那麼簡單地就讓妳變成母親喲。」

老師望著遙遠彼方的水平線。

「現在瑪莉亞將大概正受到腹中寶寶的測試吧。據說女性通常能夠藉著生產，讓人生歸零並重新設定，不就是這樣嗎？直到分娩之前，在懷孕過程中一點一點發現沒用的東西，並一路重設。分娩不重要，分娩之前的過程才重要。」

老師的話讓我感到十分震撼。

在另一頭的香菜小姐也同樣望著水平線，但卻突然越過老師的頭轉向我這邊。遙遠的某處傳來海鷗淒切的叫聲。

「不管是什麼樣的母親都有不安和煩惱吧。」

香菜小姐等海鷗叫聲停止後才這麼說，她的聲音一反常態地溫柔。

「就某些層面而言，瑪莉亞將會害怕是理所當然的，雖然我沒經驗，不了解。」

「對，其實生產這種事誰都不了解。即便是婦產科醫師或是和我一樣的助產師，甚至孕婦本人，我想沒有人是百分之百了解生產這件事的。生產其實是神祕而未知的世界。所以大家都感到煩惱、迷惑而痛苦。只有一件事是可以對所有人說的，那就是，大家都是被生下來的。可惜很少人記得那件事。」

老師也輕聲地說。

我一邊聽著兩人的話，同時把頭靠在浴池邊緣，轉身仰躺。我在肚子淋上溫泉以免寶寶著涼。自從年底生日那天以來，已經好幾次感覺到胎動了。有時是突然翻轉，每次這樣都會害我嚇一跳。但現在大概在睡覺吧，很安分。

「也就是說，最後能夠生下這孩子的就只有我了吧。」

看著脹大一如平衡球的肚子，我心想再也逃不掉了。但這想法卻不是負面的，而是正面的。正如老師某次提到自己注定無法逃脫窺伺女人胯下的人生，我也無法逃脫身為這孩子母親的命運。已經多次逃離和追求了，所以還是伸出雙手坦然接受這個現實吧。而且從前有很多無法為小野寺君做的事，我想好好為這孩子做。因為難得他願意選我當母親。

我仰望著天空，想著這許多事情，這時香菜小姐好像突然想到什麼似地咯咯笑說：

「瑪莉琳，現在島上的人都在談論妳喲。」

「咦？為什麼是我？」

即使偶爾和當地人擦身而過，也從未有人主動跟我交談。即使有些人每天朝會都會碰到，但也沒交到可以算是朋友的人。知道我名字的人應該也只有極少數的幾個人吧。我覺得很奇怪，等著她繼續說下去。

「因為妳肚子越來越明顯了。『對方應該是沙米吧。』『不、不，說不定是長老。』真是胡說八道呀！那些人。」

「這……」

「在這島上呀，不管誰懷孕都是天大新聞呢。大家都開心得不得了，因為孩子是島之寶。我也是呀，一直到幾年前，都還有人一直纏著我說：『老師，妳怎麼不生孩子呀？』穿個圍裙就問我：『有了嗎？』冷不防地，肚子就被摸了。還有人說：『要是沒對象的話，我幫妳介紹。』然後還真的拿相親照來給我看，真教人受不了呀！」

老師抑揚頓挫講得很生動。

「真的，島上的人對這件事可不會半途縮手喲。我看那些婆婆很快就要來摸妳了。我也是，吃太飽肚子脹起來就立刻被問：『幾個月了？』因為穿越式旗袍，身體的線條看得很清楚……那些人還真是愛管閒事！」

香菜小姐恨恨地說，好像打從心底不高興似的。語尾真的帶有這感覺。因為香菜小姐平時總是一本正經，這段出人意料的嘲諷惡言反而讓人覺得好笑。

「啊，我快被煮熟了。我要先上去吹頭髮了喲。」

老師又「唰」地發出一聲豪邁的聲音起身走出浴池。大概是溫泉太熱吧，她的屁股紅得像桃子。

這天夜裡我給安西夫婦寫了賀年卡。

本想今年就算了，但從露天溫泉看到又深又遼闊的大海後，又決定還是跟往年一樣寄一封給他們吧。自從我和小野寺君結婚以來就沒直接和他們見過面，變成只限於一年一封賀年卡的交情。所以賀年卡是聯繫我和安西夫婦的細線。

想跟他們報告說我懷孕了，結果越寫越激動，最後竟寫了五張信紙之多。不喜歡學芭蕾舞，其實我很想喊「爸爸」、「媽媽」，很想在海裡游泳，很想被緊緊擁抱，沒有地位心裡好寂寞，被當成已故親生女兒的替身很痛苦……

想把以前想說卻不敢說而一直忍耐的事情全部說出來，沒想到當年的心境卻如實地重新浮現，害我連呼吸都感到困難。不過全部寫完之後，心情好像就舒坦了。

安西夫婦看到這封信一定會很激動吧。不過我已有心理準備，要是他們因為這封信要和我斷絕關係那也無所謂。畢竟他們本來就是和我沒有血緣關係的人。

第二天，我走到離鶴龜助產院最近的郵筒去寄信。這小島的節日幾乎都是依舊曆運作的，所以到處都沒有新曆年的過年氣氛。據說鶴龜助產院也是等舊曆年才擺出過年的裝飾品。大概是因為看不見神社懸掛草繩，也沒看見過年裝飾品吧，島上的氣氛和平常並沒有什麼不同。

聽見信落入郵筒底部發出細微聲響的那一瞬間，我覺得好像了結了一件事。既不覺得高興，也不感到落寞。

信被船運到本州後，會從那裡再繼續往北送吧。不知道幾天才寄得到，但藉此，我也就放開我和安西夫婦之間的羈絆了。

一月五日，沙米從父母親家回來了。其實我已有一半心理準備：「說不定沙米不會再回鶴龜助產院了。」香菜小姐大概也和我一樣。所以當我發現沙米和以前一樣頭上綁著頭巾在田裡工作時，真的好開心。不過還是覺得有點尷尬，所以並沒特別跟他說什麼。

一月最大漲潮日那天傍晚，長老打電話來說今晚要去抓魚。助產師整組人馬必須待命，以便讓臨盆在即的丘女士隨時來都有人接應。她的預產期已經超過很多天了。丘女士這次是第二胎，大家好像都覺得絕對能順產，但目前卻只出現前驅陣痛，真正的陣痛卻遲遲不來。生產這事得等到結果正式揭曉才知道是什麼情形，實在是很難預測的生理現象。

要我單獨和長老去抓魚我有些猶豫，幸好沙米自己也說要去。雖然我還是覺得有些尷尬，但沙米似乎並沒拒我於千里之外。於是就決定我、沙米和長老三人去抓魚。

晚上十一點多長老開車來接我們。開車十五分鐘左右的地方似乎就是最適合抓魚的潮間帶。到了目的地之後，穿上橡膠製的連身衣靴，頭上也戴上頭燈。今晚是新月，所以當我們準備就緒關掉車燈後，四周就漆黑一片了。我連自己現在是張著眼還是閉著眼都搞不清楚。因為不能著涼，所以老師借我一件羽絨背心，真的暖呼呼的。就像老師一直身旁守護著我似的，覺得很安心。

翻過堤防，再利用階梯下到珊瑚礁區。因適逢退潮，幾乎沒什麼海水。一方面也因為天色很暗，絲毫沒有泡在海裡的恐懼。感覺好像迷失在不尋常的世界中，心情越來越亢奮。就像走在雨後的水窪那樣，每走一步就發出「啪滋」的聲音。大家一把頭燈關掉，腳下就像撒了金粉似的亮晶晶。長老「啪滋」一聲踩上去，那些亮光就倏地四散。感覺好像在做夢。

「那是螢光蟲。」

長老告訴我。來到海邊的長老看起來精力充沛，好像比平常年輕了十歲。

我抬頭一看，滿天都是星星，就像打翻了寶石箱似的。真想讓肚子裡的孩子也看看這夜空。可以的話，真想躺成大字型仰望天空，這樣不知道有多舒服啊。

仔細一看，珊瑚礁的水窪裡有五彩繽紛的魚在游泳。藍色的魚、紅色的魚、黃色的魚，每隻都好可愛。其中還有刺魨。刺魨的表情就像孩子鬧彆扭時鼓大臉頰那樣，大概是在睡覺吧，幾乎一動也不動。眼睛圓滾滾的，頭很大，但尾部卻突然變得纖細起來。平衡感不太好，更顯得可愛。我張開雙腳調整姿勢，並彎腰盯著刺魨。這時沙米突然從後面跑過來，說：

「這傢伙生氣的時候就會把針豎起來。」

他用手上的魚網握柄冷不防地攻擊了刺魨。刺魨越脹越大全身都是針，但大概是愛睏吧，立刻又把針收起，並恢復原來老神在在的姿勢。

「嘖，不好玩！」

沙米這樣嘟囔後，舉起漁網的握把，好像又要去激怒刺魨。我連忙制止他：

「太可憐了，別再弄牠了啦！」

他這會兒又沒頭沒腦地說：

「我想當瑪莉琳肚子裡的孩子的父親。」

我一時搞不懂沙米說什麼，幾秒鐘後終於弄清楚他話裡的意思，我氣得忍不住脫口大聲說：

「我已經跟小野寺君結婚了！」

雖然我覺得他應該是在開玩笑，但還是不甘心，有點被耍的感覺。

「別胡說了！」

我一時氣沒消，又罵了這一句。

「因為我對妳一見鍾情啊。就在第一次看到妳的時候。」

沙米悠悠地說。

「那跟我可沒關係。」

這是第一次有意料外的人這樣當面向我告白。我故作鎮定以免被看出心情緊張，但臉卻越來越燙。逃過一劫的刺魨在沙米腳邊的珊瑚礁水窪裡，慢慢地晃來晃去。

兩人沉默了一會兒，突然聽到長老的聲音。長老不知道什麼時候已經站在離我們有一段距離的地方。

「喂——章魚啊！我發現一隻大章魚啦！」

我用頭燈照向長老，看到他正招手要我們過去。

「現在就過去！」

我也開朗地大聲回答，接著大聲踩著水走向長老所在的珊瑚礁。

「剛才的事情我就當沒聽見。還有，再怎麼不正經，對孕婦說那種話也太沒禮貌了。」

我邊走邊對走在後面的沙米強烈抗議。

「對不起。」

轉身一看，沙米停下腳步且還低著頭。我正不知道該怎麼回答的時候，他立刻抬起頭來問我：

「生氣了？」

因為他態度實在太不在乎，這下我更生氣了。

「那麼我們這樣就算扯平了。」

停了一拍之後，沙米莫名其妙地這麼說。

「扯平？」

「對啊，年底的吵架。瑪莉琳妳對我說了真話，那真的是大震撼。所以我就想我也要說出真話來讓妳傷腦筋。」

「啊？」

我還是不太了解他的意圖。

「所以，已經……」

沙米支支吾吾的。我靈光一閃，說不定沙米是想跟我和好，所以才選擇這種拐彎抹角的怪方法。但如果是這樣，我也應該好好道歉。

「沙米，對不起。那時候說了不中聽的話……」

當面道完歉的瞬間，一直莫名其妙卡在胸口那個爛泥巴似的東西就突然慢慢散開了。

「哎呀，那也是事實啦。」

沙米說得很乾脆。我不知道他這句話的真正意思，不過對我而言就像是第一次有了異性好友似的，心裡好高興。一開始我明明那麼不想接近沙米的。從今以後我要和沙米成為更要好的朋友。我心裡如此決定。

好不容易才走到長老身邊。長老跪在珊瑚礁的平臺上，正以前彎的姿勢和一隻大章魚搏鬥。

「長老，我來幫忙吧？」

我試著這麼問，但其實根本不知道該從何下手。長老把一根鐵絲狀的東西伸進珊瑚礁的縫隙去攻擊章魚。但章魚潛進結構複雜的珊瑚礁底下，用好幾隻腳緊抓著長老伸進去的鐵絲不放。長老滿身大汗，肩膀上下抖動，不停用力喘氣。過了一會兒，章魚甚至射出墨汁拚死抵抗。就像一對一的拔河賽。我們在旁觀戰，心想遲早應該會分出勝負吧，誰知道章魚最後卻潛進更深的地方躲起來了。

因為沒帶手錶，不知道實際經過多久時間，但感覺長老好像跟章魚搏鬥了很長一段時間。我和沙米兩人大概是因為一直屏住呼吸觀戰吧，當本日戰局結束的那一瞬間，呼吸立刻輕鬆了起來。

章魚的身影消失後，長老大概還是不甘心吧，又繼續用棍子戳著珊瑚礁的開放洞穴。

「好像又快漲潮了，我們回去吧。」

沙米望著大海的方向，同時這樣催促長老。海水的確比剛才更接近了。但長老卻仍一副不服氣的表情說：

「真不甘心呀！只差一點點就抓到了……不過我一定要打敗這個敵人。沒讓瑪莉琳吃到長老抓的章魚，教我怎能甘心呀！」

長老拿毛巾用力揩著臉，同時一邊喘氣。

「那麼，長老，就這麼說定了喲。喏，我肚子裡的孩子也說他想吃長老抓的章魚呢。」

我把雙手放在肚子上，肚子裡的孩子果真不停地動著，就像在催促似的。

「瑪莉琳，妳一定要多吃好吃的魚，然後生下健康的寶寶。要是有什麼問題，才一、兩個寶寶，長老我會一起幫妳扶養的，妳不用擔心。」

我心裡藏著苦衷的事情雖然沒直接說出來，但其實他早就看出來了。長老把手掌放在我肩上。以前只要被人輕輕碰到，我就會嚇一跳，身體就會僵硬起來，但現在長老手掌的溫度和重量卻讓我覺得勇氣倍增。「把孩子健健康康地生下來。」這句鼓勵的話要是從別人嘴裡聽到，我一定會覺得喪氣，但換成長老，那麼我的反應就是簡單的：「好！」不僅勇氣倍增，連心情都開朗了起來。能與長老建立這種信賴關係，這對我來說已是極大的進步。

「長老，你真的願意和我一起養育這個孩子嗎？」

「當然呀！在島上都是大家一起養育的。不過，瑪莉琳妳也是那個嗎？果然還是愛著老公嗎？」

我不知道該怎麼回答，只好沉默著。

「那麼長老我就去找瑪莉琳的老公，一定要把他帶到這裡來。」

我明白這只是一時的玩笑話，但幾乎沒離開過小島的長老竟會這麼替我著想，領會這點後，感覺就像心靈深處被手電筒照亮了。

我們在抓魚的時候，難產的丘女士終於在鶴龜助產院產下一個女孩。

第二天早上，老師、香菜小姐、艾蜜莉和我都揉著惺忪的眼睛，一早就開始準備。今天是今年第一次午餐餐會，同時也兼為丘家祝賀，所以參加的人好像會比以前多。材料幾乎百分之百都是長老的漁獲。助產院的冰箱擺滿了各種新鮮的海鮮，正等著被料理。

蝦子用炸的。魚煮成湯。貝類乾燒。因為自己親眼看到是怎麼抓的，所以更感覺捨不得。希望把牠們煮成美味的料理，不希望浪費牠們的生命。

所以材料越新鮮就盡量不料理，簡單呈現原味。雖然這話聽起來滿有道理的，但要真正領悟卻得花上一段時間。當然即使腦袋理解了，身體也還跟不上，所以我切菜的工夫還是亂七八糟的。

「瑪莉亞將，別用那麼可怕的表情做菜呀！」

我正拿菜刀切著胡蘿蔔，老師突然嚴厲地數落我。

「菜會變難吃呀。做菜的時候一定要經常擺出笑臉，並以開朗的心情來做。完成的料理就好像做菜的人生出來的孩子。如果是以悲傷的心情做出來的，吃的人也會感到悲傷。」

我覺得老師說的每句話都很有道理，所以我試著勉強笑笑看。可是好像被看穿了。

「硬擠出來的笑容會立刻露出馬腳。一定要打從心裡微笑，才能傳達到料理上。做菜的時候，最好是邊吹口哨之類的，放鬆心情來做。」

老師這麼說，同時用手輕快地攪拌著大沙拉碗中的東西。

老師正在做涼拌野菜。涼拌的材料白三葉草嫩芽，還有即將料理的大薊、香菜小姐和艾蜜莉正在捏的飯糰裡的海邊野生蘿蔔，全部都是今天早上朝會之後，稍微繞道過去採回來的。地球賜給我們好多不同的食物。

住在這島上，我才清楚知道，即使不花錢也能過活。基本上食材不是用買的，而是自己採集來的，或是以物易物換來的。老師經常開玩笑說，因為這島上的人是狩獵採集民族。可是真的就是這樣。就這樣，我在廚房的時候，也陸續有受邀來吃午餐的客人拿自己田裡採的蔬菜或水果進來。伴手禮當中還包括青木瓜，那是來這裡途中在路邊撿的。青木瓜加上花生、蝦米，再用醋涼拌，就成了頂級的小菜。

可是聚落的人一直絡繹不絕地上門，所以不論怎麼努力料理，還是一直沒完沒了。每次有人加入就傳來多次強而有力的帶頭乾杯聲、孩子們的喧鬧聲、母親們的談笑聲，還有男士們的大嗓門。然後，大家邊說話的同時也吃得很起勁。

鰹魚生魚片、河蝦煎餅、芋奶可樂餅、長命草沙拉、涼拌山蘇、墨魚汁炒麵、紅鳳菜涼拌花生。

就像驚喜箱會不斷彈出某種東西來，廚房也不停生出各式各樣的料理。可是即使端出再大盤的菜，筷子也立刻從四面八方伸過來，所以盤子很快就空了。上菜的時候會有短短的一瞬安靜，可是吃完之後，話聲就又突然熱鬧起來。大概是白天就開始喝酒太興奮吧，大家的聲音越來越大。

這樣不成了單純的食堂嗎？但即使如此，老師、香菜小姐、艾蜜莉和我平常很少四個人一起待在廚房，所以光是待在廚房就覺得很有趣。

我在切胡蘿蔔的時候老師已完成涼拌野菜，接著開始炒大薊。先把大薊帶刺的大葉子切離根部，然後沿著中央葉脈把葉片的左右部分唰地切下來。大薊的花是鮮豔的紫色，真沒想到會開出人造假花似的大薊葉片竟然可以食用。今天有位客人帶了平常吃不到的新鮮豬肉過來，所以就拿來炒大薊。從剛才開始，整個廚房就充滿豬肉的香味。從頭到尾用的都是大火，所以途中加酒進鍋的那一瞬間，鍋子竟然竄出火來。但老師依然讓鐵杓發出「吭吭吭」的響聲繼續炒。最後應該還加了魚露吧？原本的豬肉香現在又多了淡淡的獨特魚香。

「光聞這味道感覺就可以吃上滿滿一碗白飯。」

已經滿手通紅還在那頭捏著飯糰的香菜小姐說。混在白飯裡的是海邊野生蘿蔔。把這些海邊野生的蘿蔔拔起來後，用海水清洗、擰乾後再剁碎。因為煮了一公斤半的米，所以她和艾蜜莉兩人一起在捏，可是飯好像還是不斷自底下湧上來。我這才想到，香菜小姐做菜時經常使用的魚露和日本醬油的香味完全不同，這件事我也是到鶴龜助產院工作之後才發現的。

我繼續切著胡蘿蔔，老師的筷子突然從旁邊伸了過來。

「來，瑪莉亞將，妳也試試味道。」

吃進嘴裡，感覺炒過的大薊脆脆的，有種獨特的口感。因為也吃到很久沒吃的豬肉，胃口一下大開，真想厚著臉皮要求再來一碗白飯。正如香菜小姐說的，現在立刻就想吃白飯。孕吐的時候明明一點也受不了剛煮熟的白飯香味。

「大家自己隨意，邊做菜邊吃喔。因為今天好像會變成流水席！」

老師邊捲袖子邊激勵大家。我肚子也挺餓的，都沒力氣了，再這樣下去可能會昏倒，所以就從一個收回來的大盤上，用手抓了個芋奶可樂餅塞進嘴裡。應該是人家吃剩的，不過算了，沒關係啦。芋奶黏黏的，還帶著點甜味，感覺包在裡面的絞肉味道都滲進身體了。都已經放一段時間了，外殼卻還脆脆的。

我連忙把其他剩菜也塞進嘴裡，然後立刻回到工作崗位。肚子終於不再空虛，好像又能集中精神了。胡蘿蔔終於切完了，所以接著把昆布也一樣切成細絲。昆布是煮過高湯後拿出來的，所以黏黏的，比胡蘿蔔難切。猛一回神，發現自己的表情像鬼一樣難看，於是盡量帶著笑容繼續切昆布。切炸豆皮的時候好像還能哼哼歌。

在空出來的瓦斯爐上開始煮起胡蘿蔔加昆布、炸豆皮的金平煮。

「沒問題吧？」

我有些不安，於是向已經開始準備下一道菜的老師求救。其實我希望接下來由其他人接手。但老師看起來一點也不願意幫我，還說：

「沒問題的，別發牢騷，趕快煮！」

沒辦法，只好把昆布放進鍋裡。加入淹過昆布的高湯，把昆布煮透煮軟。煮到一半的時候加入日本酒和味醂，接著再加入胡蘿蔔和炸豆皮使味道調和。以煮菜的筷子邊攪拌邊加熱，胡蘿蔔的顏色逐漸變深、變鮮豔。試試味道，最後再多加一點鹽。

「大概可以了……」

這是我到助產院來後，第一道沒有任何人幫忙、從頭到尾獨力完成的料理，感覺好像完成了一件大工程。我放心地自言自語，然後從碗櫃選一個自己看起來最適合盛放的盤子來裝。

「看起來挺好吃的耶。瑪莉亞將，只要做就會成功呀！」

老師這樣給我戴高帽子，我趕緊鎮住興奮得幾乎要飄起來的心情說：

「可是沒吃吃看，不知道味道怎麼樣。」

叫沙米幫忙把煮好的菜端過去給大家嘗。過了幾秒鐘……

「這昆布好吃！」

聽到那邊有人這樣說的時候，我差點像火箭般咻地飛上天去。

終於可以稍微喘口氣的時候都已經是下午兩點多了。看起來客人也都差不多吃飽了。最後送上甜點黑糖蜜寒天，就變得滿安靜的。有人甚至已經喝醉，躺在地板上。孩子們大概在裡面待膩了吧，都歡呼著跑到外面晾衣服的地方去了。啾噗也跟他們一起跑來跑去。從廚房的窗戶可以看到一點海，那光景真像是把「幸福」拍進照片。和煦的風把微帶甜味的空氣吹送過來。

因為食材幾乎都用光了，所以廚房裡的我們也坐下休息一會兒。老師熟練地為員工煮著日本蕎麥麵，準備幫我們做野蕨蕎麥麵。野蕨是島上當季採得到的食材，是一種嫩芽尖端會朝內捲曲的山菜，川燙後切細會像納豆一樣釋出黏液。

「大家都累了，所以我裡面多加了一點鹽。來，趁麵還沒泡爛之前快吃吧！」

大碗中的蕎麥麵已經先以冰水冷卻過了。剛才一直邊流汗邊做事，現在吃到這冰涼的麵可真開心。野蕨和麵一起滑順地溜進胃裡。混在醬汁裡的麻油和大蒜使胃口大開，剛才明明吃了那麼多剩菜，怎麼現在肚子又完全空了。最近好像是因為子宮往上擠到胃，每次只能吃一點點食物，可是今天卻一口氣吃光一人份的麵。肚子好難過，於是我大大地嘆了一口氣，就在這個時候……

「鶴龜老師！鶴龜老師！」

有人從外面又叫又嚷地衝了進來。

「老師，這回不會是來請老師去看馬生產之類的吧？」

香菜小姐老神在在地把最後一口麵送進嘴裡。

「不是馬的話，就是山羊或狗吧。」

艾蜜莉也跟著一起瞎猜。但這並不是開玩笑，有動物要生產，老師真的也會去。當然，因為她不是獸醫，所以不會實際動手接生，但老師被當成生產之神，所以島民之間似乎盛傳只要老師在場就能順利生產。所以老師有時間的話，也會盡量免費到場看著動物生產。前些天附近養的乳牛要生，老師才被叫去。

但這聲音聽起來並不是那麼輕鬆的聲音。

「長老他……長老他……」

剛才應該已經回去了的男性這樣說著，同時沒脫鞋就直接從門口衝進來。

「聽說他溺死在海裡了！」

他勉強說完就痛苦地調整著呼吸。

「現在人在哪裡！」

老師彈跳起身並衝出母屋，就這樣和前來叫他的男性一起跑了出去。今天的午餐餐會應該很熱鬧，但仔細想想，確實沒看到長老的身影。不過廚房很忙，所以我也沒多留意。昨天明明還一起去抓魚的，現在竟然說他溺死在海裡……因為不知道詳細情形，所以也不能怎麼辦。

應該不可能那樣吧。大概只是腳下稍微打滑，現在在島上診療所苦笑而已吧。我心裡硬是這樣說服自己，但另一方面又想起剛才來找老師的那位男士緊張的表情，越想越害怕。越想說服自己不要把事情想得太嚴重，腦海裡就越浮現最壞的情況，我拚命甩開這樣的想法。回過神來，發現心臟難受得甚至都無法順暢呼吸了。「請救救長老吧！」「只要能救他，我什麼事都願意做。」我真想跪伏在地上懇求全世界的所有神靈。

大概是發現氣氛不尋常吧，最後留在食堂的幾個爛醉如泥的客人不知何時也全都回去了。艾蜜莉雙手合十向廚房的火神祈禱，所以我和香菜小姐也在旁邊有樣學樣。香菜小姐低聲以越南話唸著某種禱詞。

「長老是島上最熟悉大海的人，所以沒關係的，沒關係的。」

艾蜜莉這麼說，同時輕輕拍著我的肩。其實大家都很擔心，幾乎都要崩潰了。平時很少叫的啾噗從剛剛就在門口高聲嚎叫。每一秒鐘都久得像永恆一樣漫長。

老師傍晚才回來。我和香菜小姐、沙米同時站起來走向門口。艾蜜莉說要在家裡待命，已經回她的島民公寓去了。

怎麼樣了？把長老救回來了嗎？

本想等老師一回來就劈頭就這樣問的，可是大家都很害怕而沒人敢問。或許是因為以前沒見過這樣毫無表情的老師吧。可是難道長老他……

「聽說漁民同伴發現他時已經沒氣了。」

老師垮著肩，低聲這樣說，接著又拱起背說：

「我有點累，先去休息一下。」

說著就沒精打采地朝樹屋的方向走去。過了幾秒鐘，沙米突然大喊：

「怎麼會這樣啊！」

說著還使勁踢了踢牆壁。但似乎這樣還沒法平靜下來，他接著又以拳頭搥打柱子。

「昨天明明還活得好好的！」

我的心情和他完全一樣。去抓魚的事情並不是做夢，而是真正的現實啊。

我和香菜小姐互抱著肩膀以支撐彼此，兩人不住哭泣，眼淚就像瀑布一樣流個不停。我孕吐難受的時候，就是長老特地為我在水中生產專用浴池添柴燒水的。那時候的交談內容我並沒特別放在心上，但現在仔細想想，長老其實一直溫柔地守護著我這個陌生人。長老總是笑臉迎人，我完全想不起來他什麼時候不高興過。才短短十幾個小時之前，他不是還那麼精力旺盛地和章魚搏鬥嗎？還答應說要幫我找到小野寺君的……

我現在就想見到長老，想看他的笑容。

體內的所有水分好像全化成淚水流出體外了。這天晚上哭得太多，完全睡不著。躺在旁邊被窩裡的香菜小姐也是整晚輾轉反側。香菜小姐在助產院工作的時間更久，一定比我和沙米擁有更多、更多的回憶。

第二天早上，老師滿臉浮腫地出現，為我們說明事情的來龍去脈。

好像是長老走到珊瑚礁的尖端部分，結果腳不小心被珊瑚礁割傷而掉落海中。據說即便是經驗老到的漁民也不敢單獨到那麼危險的地方去。

「長老的父親也是死在海裡的，所以他比別人加倍了解海的可怕，總是極為慎重，這回怎麼會冒那麼大的危險到那裡去呢？」

老師臉上浮現不可思議的表情。我心裡突然湧現某種預感。當我領悟到「原來如此」的那一瞬間，只覺一陣昏眩，連站著都難受，竟當場跌坐在地。眼淚奪眶而出，止都止不住。

「對不起……」

我好不容易才低聲說出這句話。

「瑪莉琳不該道歉呀。」

我抽抽搭搭地哭著，不知情的香菜小姐輕輕地撫著我的背。但她越是安慰，我的罪惡感就越強烈。

「真的對不起。」

這不是道歉就能了事的問題，可是除此之外，我實在想不出其他字眼。

傍晚我抱著無奈的心情到診療室去找老師。老師正以紅線在鶴龜助產院要用的尿布上縫上「鶴龜」。我走上前去。

「怎麼啦？」

老師一臉疲累，越過眼鏡望著我。我什麼都沒說，只是愣愣杵在原地。老師又動起針來，同時露出又哭又笑的表情催促我說：

「有什麼話就試著說出來吧。」

全身像被繩索縛住似的，我真希望能自這沉重的心情中解放出來，於是就把前天的事情告訴老師。

「都怪我不好。可能是因為我說想吃長老抓的章魚，所以長老才會勉強到那麼危險的地方去。都是我害的……」

是我間接把長老推落海中的。

老師的表情瞬間崩潰了。她拚命忍住想哭的衝動，試著重新擠出笑容。勉強動著顫抖的嘴唇開始說起話來，指尖的針還一邊縫著。外面一片死寂，所以就連線穿過布發出的聲音都聽得見。

「長老經常誇獎瑪莉亞將呢。老是說『好孩子，好孩子』、『不管多麼微不足到的事情都會跟我說謝謝』、『一個人也打算好好生下孩子，真了不起』、『如果我是瑪莉亞將，絕對不會想獨自生下來養』、『真有勇氣，是個堅強的孩子』，他經常這樣說。」

她一反常態以沉穩的聲音這樣告訴我。我一直靜靜聽著老師的話。之前已經哭了那麼多了，但一想起長老，淚水竟又湧了上來。

「聽說妳最近經常幫長老按摩肩膀？長老高興得不得了呢。因為他一向獨居，根本沒人為他捏過肩膀。喏，因為他沒結婚，所以既沒孩子也沒孫子，對吧？長老說，他常夢想能叫孫子為他這樣做，他當時看起來真的很高興。所以他才會想盡辦法要讓瑪莉亞將吃到自己抓的章魚吧？這不是任何人的錯。何況能夠死在最愛的大海裡，一定是長老的夙願。」

「可是我真的很抱歉……」

長老都已經丟了性命，我還能若無其事地把孩子生下來嗎？我從昨天就一直在想這件事。

「瑪莉亞將，妳的心情我了解。可是長老一直很期待妳把孩子生下來。雖然只是隨口當成玩笑話，不過他的確曾經說過『真想見見寶寶』之類的話。」

因為老師這句話，才止住一會兒的淚水又再度決堤。

「可是我……」

說到這裡我就哽咽得說不下去了。老師什麼都沒說，只是靜靜等著我接下去。老師的目光太過溫柔，在她的注視下，我的眼淚更止不住。

「長年從事這樣的工作，讓我突然有所感觸。要是以神靈那種大眼睛來看，生與死大概也沒什麼太大差別吧。說來很不可思議，不過生的現場和死的現場其實氣氛是一樣的。該說是莊嚴呢，還是神聖？總之，感覺那是凡人之手無論如何都無法觸及的領域。看起來毫不拖泥帶水，該死的時候就死，該生的時候就生。

「不過我畢竟無法變得像神靈那樣，所以不管是人死或動物死了都會感到悲傷，甚至沮喪。」

我把雙手放在肚子上，邊聽老師說話。我一直以為生與死是正好相反的事情，但老師卻說不是這樣。既然如此，要是長老的靈魂能夠立刻從天國返來，住在我肚子裡的孩子身上那就太好了。或許是我太自私，不過要是這樣，我就能再見到長老了，一定要成為像長老一樣溫柔且適合微笑的人。如果和至親好友分別是這麼痛苦，那麼我再也不想和任何人親近。越是愛一個人，那分悲傷就越大。

啊，原來是這麼回事呀。我現在才發現，安西夫婦深深的悲傷以及雖然悲傷卻仍收養我的溫柔之心。既然那麼希望擁抱，我當初為何不主動伸出雙手呢？如果我擁抱了那兩個活在悲傷裡的人，說不定就能建立完全不同的關係。僅僅在一起幾個月的時間，失去長老就已經這麼痛苦了。歷經陣痛、分娩，一天天養大的親生女兒卻過世了，安西夫婦內心不知有多麼絕望。我卻只關心自己的寂寞，從沒想到要體諒安西夫婦的心情。

不久，長老的遺體就被用船送至本州。

可是據說長老比誰都愛這個島，很不想離開這個島。雖然長老如此，但最後卻還是非離開這島不可，真教人遺憾。幾乎已經沒有老人在島上過世，曾經普遍實行的風葬習慣也已衰退。現在大多數的人似乎只要身體出了狀況，就到島外就醫，就此嚥氣。

當初原本是預定用直升機運送，但那樣似乎太可憐了，所以老師以及和長老比較親近的人就要求以冰鮮魚用的冰塊冰著，用船送至本州的火葬場。老師也因為助產院有工作而不能離開島上，所以鶴龜助產院沒法派任何人去參加喪禮。長老幾乎也沒有親戚，所以聽說他的喪禮極為簡單。火化後重新返回島上的長老變得很小。

正因如此，這場音樂會就更有意義了。

鶴龜助產院每年會在鶴龜灘舉辦一場現場音樂會。這場音樂會是在舊曆年的除夕舉行，所以被通稱為「島紅白」，長老就是執行委員之一，因而深切期待。

長老一向都在鶴龜助產院幫忙，所以老師一直到最後都在煩惱，今年究竟該不該主動自我約束，為長老服喪。但多數人卻提出「希望和往年一樣照常舉辦」的意見，認為這樣長老一定會很高興。大家就這樣異口同聲地說服了老師。

今年的舊曆年正好和情人節同一天。本州的二月還很冷，但島上的二月最高氣溫卻將近三十度，有些日子甚至已有初夏氣氛的感覺。我的肚子終於滿七個月了。腹圍已經超過八十公分，走路時都能實際感覺身體在晃動。

香菜小姐利用去年聖誕節獲得的機票回她睽違多年的故鄉越南去了。很可惜不能一起欣賞島紅白，但她老是過度工作，所以如果能偶爾把工作的事情拋諸腦後隨心所欲地過幾天也好。

一方面可能也因為這天是星期日吧，傍晚一到，會場所在的鶴龜灘就開始慢慢有人聚集過來。人人手上都帶著便當或鋪巾。平時住在島外的人也回島上過年，所以有許多陌生臉孔，十分熱鬧。

沙灘中央設有純手工的特殊設計舞臺，還點著火把。沙地上處處點著蠟燭，看起來有點像在豪華客輪的甲板上。黃昏的天空彷彿羞紅臉似地染得通紅，最亮的第一顆星分外美麗地閃爍著。島紅白就在老師擊響的銅鑼聲中靜靜地揭開序幕。

過了一會兒，叢林那邊慢慢出現人影。天色已頗昏暗所以看不太清楚，但看得出來是位身穿全套黑色燕尾服的男性。他裡面穿著白襯衫，脖子輕鬆地繫了個蝴蝶領結，燕尾服胸前的口袋插著一朵大紅扶桑花，宛如小情人似地依偎著。

「該不會是……」我心裡正這麼想的時候，那位男性往放在舞臺中央的椅子上淺淺坐下。他上半身抱的是手風琴。發出第一個音的瞬間，之前吹晃周遭樹木的海風彷彿也準備洗耳恭聽似地完全靜止了。

演奏手風琴的是沙米。大概不會搞錯吧，但真的判若兩人。我到目前為止從未見過眼神如此誠摯的沙米。

沙米彈奏出來的手風琴音色就像在祈禱。

星星、花、風、海浪、沙、人們，在場的所有一切都因沙米演奏出來的音符而合為一體。有一首曲子突然陷入深深的悲傷，感覺世界好像只剩下一個人。我心痛地清楚了解：「啊，原來沙米現在是為長老演奏。」我想其他人多半也感受得到。要不就閉上眼睛，要不就仰望著天空，為長老祈禱。我也閉上眼睛，和長老共度的時間就像泡泡似的一一在腦海裡甦醒。

再度睜開眼睛往舞臺看去，沙米彷彿腳下著火似地，露出詭譎恐怖的表情。他一定是把自己心裡的風景和感情完全寄託在手風琴的音樂裡了吧。

演奏終於進入高潮。

「喂！卡門！來跳舞吧！」

沙米邊演奏出激烈的旋律，邊向觀眾如此大喊。觀眾依言起身跳起舞來。其中有位頭上戴著花冠的婆婆，她把裙襬大大拉開，在男性觀眾群中挑逗似地來回舞著。那一邊開始出現短劇似的情節，笑聲四起。我也豁出去了，站起身來打著拍子，不一會兒身體便配合節奏自然地舞動起來，感覺肚子裡的孩子好像也一起跳著舞。沙米手指的動作快得讓人目眩神迷，大家瘋狂地拍手喝采，我肚子內側也被輕輕地踢了幾下。

最後彈唱了感人的敘事曲。這是我第一次聽到沙米的歌聲。他用和平常說話聲音完全兩樣且夾雜各種感情的複雜聲音低沉地唱著。那就像是從沙米獨居的洞窟深處所傳出來的安魂曲似的。

彈唱表演結束，沙米走下舞臺的時候，海風又開始吹了起來。真是不可思議。場內的氣氛就像蝴蝶結被鬆開那般，變得輕鬆而安詳。

突然感覺長老好像就在那片即便是冬天也同樣茂盛的林間，我忍不住轉身。他那麼期待島紅白，不可能不趕過來。可惜我的肉眼看不見他的身影，他一定已經變得通體透明，正注視著這一切。

舞臺上開始進行婦人會提供的下一個節目。所有人身上那件Ｔ恤上面畫的應該是長老的似顏繪吧。剛剛發生的事情彷彿幻覺一般，正常的時間再度重新流動。但即使如此，我的心臟還是鼓動得很厲害。有限的幾個按鍵竟能那樣地表現出人生的喜怒哀樂，我覺得沙米真是天才。

「還沒有吃飯的人，這裡有很多好吃的喲！」

遠處傳來老師的聲音。走過去一看，攤開的布上擺著許多菜肴。那是大家為了感謝老師提供島紅白場地而送給老師的。香蕉葉取代了盤子。雖然沒有任何人直截了當這麼說，但這回的島紅白其實也是長老的追思會。或許是我想太多了，但看起來很明顯都是些即使沒牙齒也能吃得動的柔軟菜肴。

我正吃著用葉子包起來蒸熟的糯米料理時，已換下燕尾服的沙米走了過來。大概是婦人會送他的吧，沙米也穿著繪有長老似顏繪的Ｔ恤。在場的所有人都拍手歡迎他。沙米就坐在我旁邊的座位上，我忍不住興奮地對他說：

「剛才的演奏實在太精采了！」

但沙米自己卻好像很害羞。

「不、不，沒那回事。」

他已經恢復原來那個沒什麼主見的沙米了。

「所有客人都很高興呢。而且最後連我肚子裡的寶寶也一起跳起舞來了。」

不管我多麼極力稱讚，他還是不乾不脆地說：

「不、不，我就只會這個，根本沒什麼才華……」

有人拿了啤酒給沙米，又乾了一杯。

大概還沒吃東西吧，沙米一時安靜地吃著飯菜。這段時間我就和坐在斜對面的紗由梨將聊起懷孕的事情。紗由梨將去年春天才自島上的國中畢業，十六歲就成了孕婦。不知道該如何是好，一直沒到任何醫院或診療所看醫生，就這樣已經滿八個月了，前些天實在很不安，才到鶴龜助產院來。老師狠狠斥責紗由梨將一番，但還是答應為她接生。現在完全就像是我在鶴龜助產院的同學。

紗由梨將自己說她有生以來第一次做愛就中獎了。這麼說來，我就是有生以來最後一次做愛懷孕的。除了小野寺君以外，我完全無法想像和任何人有那種關係。

突然轉頭看看沙米，他正拿著罐裝啤酒茫然地望著天空。

「沙米，你怎麼了？」

我開口問他。

「沒有啦，我是在想剛才的演奏不知道長老有沒有聽到。」

那是異於平常的感性語氣。

「我想他一定聽到了。」

關於長老的事情，我已經狠狠哭過，也差不多哭夠了吧。然而一想起來，卻又悲傷地湧出淚水。仔細想想，這對我而言，還是生平第一次身邊有人過世。

「可是長老為什麼一直那樣放任蛀牙不管呢？」

沙米的腦袋裡面不知道怎麼切換的，現在又改用平常那種粗魯的說法了。或許若不這樣就會受不了吧。他的心情我完全了解。

「因為他討厭牙醫吧？」

紗由梨將漫不經心地回答。紗由梨將說她小時候住在長老家隔壁，經常找長老陪她玩。

「依我看，是因為長老討厭坐船啦。」

老師盤著腿坐在沙上，正用自己的手指壓著腳底的穴道。

「因為長老不希望離開島上。不過，住在島上而一直保持單身的人實在很少，他明明很有人緣的。」

紗由梨將說。這時，一直保持沉默的艾蜜莉突然插嘴說：

「大概是因為一直愛著他的未婚妻吧。」

「咦？長老有未婚妻嗎？這事我從來沒聽說過呀。」

最先反應的是沙米。

「我也沒聽說過這件事。」

老師也偏著頭說。

「因為那是很久、很久以前的事情了。」

艾蜜莉一邊吃著自己做的花生豆腐，一邊不知何故地露出可愛表情。艾蜜莉做的花生豆腐不止我喜歡，長老也很喜歡。每次冰箱只剩下一個的時候，我們總是認真地猜拳，誰也不讓誰。我茫然地想起這一幕。

「艾蜜莉，告訴我們嘛。」

紗由梨將這麼說，於是艾蜜莉就把原本不為人知的長老初戀故事告訴我們。那不是想像中那種又酸又甜的戀愛，而有著極悲慘的結局。

「那麼，妳的意思是說，最後就以長老的單戀告終了嗎？」

沙米以像提出異議似的強硬語氣說。

「原來是因為一直想著那個人呀，所以長老其實比外表看起來更浪漫呢。」

老師也充滿懷念似地說。

現在天國的長老說不定正打了個噴嚏。聽到老師說他「其實比外表看起來更浪漫」，或許會邊笑著怒罵「沒禮貌」吧。雖然長老就算生氣也沒人會怕他。

關於長老的回憶怎麼說都說不完。「曾經發生那種事」、「曾經發生這種事」，大家隨心所欲地東拉西扯。然後大家都同意一點，長老不管和誰相處，態度始終如一，這事看起來簡單卻意外地困難，所以長老是個非常值得尊敬的人。

我邊聽著其他人說起長老的回憶，邊在心裡向長老立誓。

絕不半途放棄生下這孩子。

島紅白後過了一星期，舊曆年的氣氛才消退，島上終於恢復平常的安靜氣氛。依舊是連續的好天氣，洗了衣服很快就乾了。不過據說其實二月這時期，雨天應該會變多。晴天當然很高興，不過大概是因為在島上住久了，反而擔心會缺水。

這天寄來一個收件人是我的包裹。幾乎沒有人知道我住在這島上，而且截至目前為止也沒收到任何寄給我的東西。我心想一定是哪裡搞錯了。可是從老師手中接過那個盒子一看，上面的確寫著我的名字。沒想到竟然是安西夫婦寄來的。

應該打開來看嗎？我考慮了一會兒，但卻感覺肚子裡的孩子好像在說「打開來吧，沒關係的啦」。最近寶寶就像感應器一樣，總是率先反應，並告訴我這個做母親的各種事情。

我避開大家，躲在水中生產專用的浴室裡，小心翼翼地拆開包裝紙。打開盒蓋，出現的是一塊裝在拉鍊袋裡的布。對了，養母不管是要保存什麼，即使是食物以外的東西，也總是利用這種塑膠袋。裡面還同時裝著信。我緊張地打開拉鍊袋，安西家的氣味就飄了出來，我的胸口不知為何難過了起來。裡面裝的是一件小小的襁褓衣。

我開始讀起那張看似以電腦打印出來的信。

瑪莉亞小姐，您好嗎？

謝謝您也讓我們知道您懷孕的事情。

和外子商量後，我們決定趁這機會把這件襁褓衣還給您。

據說這是您最初被撿到時包在身上的。

上面是不是沾染了令堂的味道呢？我並不是直接聽說的，不過根據育幼院那邊的說法，只要用這件襁褓衣把您包起來，您就不哭了。即便長大了，您仍不肯放開這件襁褓衣，睡覺的時候老是要含著這塊布的一角，睡著的時候也絕不鬆手。

從育幼院被轉到兒童養護設施的時候，實在已經不需要襁褓衣了，聽說差點就被丟掉。但負責照顧您的人說：「這是連繫瑪莉亞將和母親的唯一東西，希望能幫她好好保存。」所以設施也沒丟掉，依然妥善保存。

當您小學四年級的時候，正如您所知道的，您成了我們的養女。很遺憾一直沒讓您知道，其實我們真的很高興。您實在太可愛了，讓我們覺得過世的女兒好像真的從天國翩翩降臨，回到我們身邊了。雖然您有著痛苦的過去，卻依然天真可愛，我們兩人完全為您著迷，簡直愛到無法自拔。很高興有您在家，半夜不只一、兩次溜進房間，偷偷望著您的睡臉。

但另一方面，確實也對女兒感到愧疚。女兒痛苦地離開人世，我們沒法救她卻還過得這麼幸福，這樣說得過去嗎？就這樣，總是希望不要忘了女兒，或許因為這想法太過強烈而讓您難受吧。

前些日子收到您的信，才知道原來您一直有這種感受。或許現在說什麼都像是藉口，但無論如何，希望您能原諒我們。我們總是希望把沒辦法給女兒的東西轉移到您身上，沒想到這樣反而傷害了您。不希望再度失去女兒的想法太過強烈而一直不讓您接近大海的事情，我和外子都衷心感到抱歉。

如果您願意原諒我們的過錯，請讓我們也見見您的寶寶，即使一次也好。如果能讓我們也抱抱孫子，不知道有多幸福……

瑪莉亞小姐，請您一定要幸福。請和小野寺先生共築一個開朗的家庭。

最後還寫了養父和養母的名字。

襁褓衣上繡著許多動物。剛出生的我被包在可愛的襁褓衣中。只要知道這個事實就夠了，因為由此可知，對母親而言我並不是單純的垃圾。沒有人會幫垃圾穿上漂亮的衣服吧。我活到現在並不是一直沒人愛的。原來安西夫婦也不討厭我。

我決定寶寶生出來就用這件襁褓衣包住他。選這件襁褓衣的人就是寶寶的外婆。她在選這件襁褓衣的時候一定也很幸福，應該是一邊想著「會生出什麼樣的寶寶呢」，一邊努力挑選「究竟哪一件比較適合呢」。

我用手仔細清洗襁褓衣，和鶴龜助產院的衣物一起晾在陽光下。我出生的時候也是這麼小，而現在變成大人了，且即將成為母親。

我第一次由衷感謝安西夫婦。這孩子出生後，我一定要在去見見他們。讓他們多抱抱，要告訴寶寶「這是外公、外婆」。到時候就趁亂也抱抱安西夫婦吧。

三月，懷孕終於滿八個月了。因為肚子太突出，想看腳邊也看不到，就連修剪腳指甲都很辛苦。洗完澡後還要用油按摩會陰部及乳房，孕婦的生活也越來越忙。

據說乳頭這時期會開始分泌母乳。沖澡時我也試著擠擠看，結果橘色的液體就咻地射出來，害我嚇一跳。而且我本來以為母乳只會從乳頭正中央流出來，沒想到竟是從周遭的小洞，像雨露一樣滲出來的。用指尖沾一點舔舔看，甜甜的很好吃。香菜小姐說母乳的成分並不是永遠都一樣，其中所含的營養成分會配合寶寶的成長逐漸改變。明明是自己的身體卻接二連三地讓我感到詫異。

寶寶或許也已經覺得子宮裡的空間太小了。我偶爾會知道寶寶不只動了腳，連手肘也一起動了。寶寶翻身的時候，肚子表面有時候也會起伏。有時候我也會知道寶寶在打嗝。慢慢地我也懂得分辨寶寶的頭在哪裡，因為只要把手掌靜靜貼著，就可以感覺頭的部分熱熱的。

我把手放在肚子上，同時為寶寶實況轉播。「現在有漂亮的小鳥在天空飛喲」、「你看，那邊的紅花開了呢」，感覺只要像這樣跟寶寶說話，說不定也能逐漸知道寶寶現在是什麼心情。是高興呢？還是在笑呢？或許是愛睏了？還是正做著夢呢？能這樣一天到晚和自己的寶寶在一起，真是太享受了。

南風輕拂的午後，紗由梨將打電話來找老師。

她說好像差不多要生了。老師好像是從紗由梨將的聲音和語氣判斷時間已經迫近。

「不管怎樣，先忍耐一下。」

老師張羅著出發的準備，但仍對紗由梨將這樣指示。偏巧香菜小姐為了幫大約一個月前在鶴龜助產院生產的母親做胸部保養同時為寶寶洗澡，已經出門了。所以在與香菜小姐會合之前，就由我和老師一起行動。

紗由梨將和男朋友浩二君住在離海很近一個工寮似的簡陋房子裡。據老師說，因為紗由梨將的父親反對，所以兩人還沒結婚。聽到車聲，浩二君就從家裡衝了出來。「隨處可見」的說法或許很沒禮貌，但反正就是所謂的衝浪客。大概是因為紗由梨將快生了太緊張吧，他連腳上的拖鞋都穿反了。

我拿著老師事先準備的毛巾走進屋裡。肚子很大的紗由梨將正側躺在房子正中央的加大單人床上，臉上露出痛苦的表情，不時發出瀕死般的喊叫聲。

老師打開手帳確認接下來的漲潮時刻。下一次漲潮是第二天的清晨五點十七分，還有將近十二個小時。老師說：

「剛剛漲了潮所以才會開始陣痛，紗由梨將，浪潮應該會逐漸遠離，趁這段時間好好吃個飯，補充營養。」

「啊，真的耶，肚子的痛楚好像也慢慢退了。」

剛才還大嚷大叫的紗由梨將若無其事地說，接著又盯著正在整理餐桌的浩二君說：

「小浩，我餓了。」

「想吃什麼？」

浩二君問。

「嗯……午餐肉飯糰之類的。」

紗由梨將回答。

「妳哪還能吃那種垃圾食物呀！老師您說對吧？」

浩二君轉頭尋求老師的支持，沒想到這陣子很多人生產，連續好幾天沒睡的老師已經鑽進自己帶來的睡袋準備睡覺了。

「那個而已沒關係啦。反正寶寶就要生出來了，就讓紗由梨將吃她想吃的東西吧。」

「那就午餐肉飯糰囉。我現在就來做，妳等一下。」

我還以為老師已經睡了，沒想到這時老師轉而對我說：

「瑪莉亞將，紗由梨將吃東西前，妳先幫她泡個腳。我帶了精油過來，就在那邊那個袋子裡，加點薰衣草精油可以放鬆，應該會好過一點。還有，吃過東西稍微休息一下，妳就在可以的範圍內幫她按摩，這樣比較好。慢慢的，就像在撫觸那樣。鼠尾草和茉莉之類的應該不錯，因為這是可以促進陣痛的香氣。特別幫她加強按摩三陰交。對不起，我要休息一下補充體力。有什麼事就叫我。瑪莉亞將妳也是孕婦，要是累了就休息喲。還有，浩二君，午餐肉飯糰要留一個起來！」

「是！」

浩二君邊洗米邊回答。

我請浩二君幫我把從鶴龜助產院帶來的泡腳專用馬口鐵大水桶裝滿水並放在瓦斯爐上加熱。滴入精油後，趕緊讓紗由梨將雙腳腳踝以下泡在裡面。

浩二君幫我們做的午餐肉飯糰鹹度剛剛好，真的很好吃。用小電鍋煮出來的飯粒也亮晶晶的，包在飯裡的午餐肉表面也煎得又香又酥。除了午餐肉，還有水煮後調過味的菠菜以及煎蛋。這些餡料用飯包起來後，最外面再捲一圈海苔，而海苔又散發著海的香味。

「你很會做菜耶。」

我這樣誇獎浩二君。

「哎呀，我從小就是鑰匙兒。因為我媽早逝，小學開始我就煮給我老爸吃了。這個午餐肉飯糰是我想出來的，是為了讓我那個當漁夫的老爸在船上隨時可以吃。」

浩二君一頭金髮，還穿了好多個耳洞，乍看之下好像很吊兒郎當，但其實是個可靠的人。

吃完後讓紗由梨將的肚子休息一下，我就把泡腳桶拿開並開始幫她按摩。說要按摩，但因為我本身肚子也很大而沒法做全身按摩，所以把主要重點放在手掌。

浩二君在廚房輕鬆自在地洗著碗盤。洗到一半的時候，紗由梨將說想聽音樂，要浩二君去放兩人平常在聽的曲子。是巴布•馬利唱的。小野寺君也經常半夜邊抽菸邊聆聽他沙啞的歌聲。

紗由梨將閉著眼睛輕輕哼著旋律。偶爾傳來老師響亮的鼾聲。真是難以形容的幸福時光。月光從窗外照進來，為懷孕的紗由梨將投射出美麗的剪影。

整套手部按摩做完後，紗由梨將雙手高舉說：

「啊，輕鬆多了。」

接著又喊著：「小浩。」浩二君收拾完廚房後，本來一直坐在窗邊的沙發上翻雜誌，聽到紗由梨將叫他，就走到她旁邊，然後很自然地抱住紗由梨將的身體。兩人就像雕刻作品一樣手足糾纏在一起，我幾乎因那美麗的姿態而失神。

但平靜而甜蜜的時刻不能永遠持續下去。陣痛又重新回到紗由梨將身上了。有時整個臉糾在一起並發出好像快被撕裂似的聲音。聲音漸漸大起來的時候，老師醒了。

「紗由梨將，感覺應該很好吧？注意那個節奏，那個節奏。」

老師像蛻皮似地從睡袋鑽了出來。

我繼續撫摸紗由梨將的身體。老師邊看時間，邊測量陣痛的間隔，但是陣痛間隔還沒縮到十分鐘。

「產程停滯的時候可以泡二十分鐘熱水澡。讓肚子暖起來，接下來就會進行得比較順利。」

浩二君聽了老師的話，趕緊著手準備讓紗由梨將泡澡。老師和浩二君兩人一起攙著因陣痛而苦不堪言的紗由梨將到浴室去。浩二君說他自己也要一起泡，然後立刻脫掉衣服和紗由梨將一起泡進浴缸。浩二君從後面撐住紗由梨將，紗由梨將一下子就解除了緊張，表情也柔和了起來。紗由梨將的肚子比我更朝前方突出，胸部也很豐滿，從側面看活脫脫就是英文字母的「B」。

「快生了。」

她閉著眼睛有點像囈語似地低聲說。眼前的紗由梨將彷彿逐漸從人變成獸，不斷發出「嗚——」、「啊——」等不成語言的聲音。

泡了大約二十分鐘，離開浴缸後，陣痛真的就突然有了進展。老師把手伸進紗由梨將的產道內診。接著面朝窗外的月亮端正地跪坐，閉上眼睛開始低語。還是只聽得懂一開始的「產神」和最後的「鶴龜、鶴龜」，但總而言之老師是在向產神祈禱。我也跟著小聲唸出聽得懂的那些地方。

隨著紗由梨將的產程加快腳步，浩二君也明顯地緊張起來。老師要他幫紗由梨將撐住身體，浩二君就和上半身坐起來的紗由梨將背靠背坐著，讓自己的呼吸配合她的呼吸。我則握住紗由梨將朝下覆蓋著的雙手，或是幫她揩去脖子及額頭上的汗水。

大概是泡澡發揮功效了吧，紗由梨將的產程看起來很順利。羊水破了，雖然我這邊看不到，不過寶寶的頭好像已經隱約可見。老師見時機成熟，便引導浩二君的手去觸摸寶寶的頭。

「太神奇了！」

浩二君的聲音叫響了整個房間。

每當陣痛來臨，紗由梨將就發出可怕的慘叫聲。「好痛！」「會死呀！」還夾雜著諸如此類的字眼，不過大部分都是叫聲和呻吟聲。要是在我以前和小野寺君同住的大樓發出這樣的聲音，鄰居一定會去報警，警車也一定會火速趕來。

產程進行到一半的時候，紗由梨將突然說她想上廁所，老師馬上快速打回票：

「不管是大便還是小便，現在就直接在這裡拉出來。因為媽媽一定要把身、心完全放空，寶寶才生得出來！」

紗由梨將聽到這話就立刻使勁，說不定她已經忍很久了。老師迅速在紗由梨將屁股下方塞進一張紙，然後俐落地把那東西包起來，接著唰地站起身來走去廁所。這種事在分娩現場應該是家常便飯吧，老師的動作熟練得令人激賞。紗由梨將接著又漲紅臉開始用力。

浩二君半途就開始大哭了。不是內斂地靜靜流淚，而是真的發出聲音嚎啕大哭。

「就是這樣！男人一到緊要關頭就不管用啦！」

雖然老師已經不指望他了，但浩二君還是拚命撐著紗由梨將。不知道什麼原因而晚了幾個小時，不過香菜小姐終於來了。老師、香菜小姐、我和浩二君四個人一起為紗由梨將加油。

孩子在黎明前終於生下來了。就在全世界所有生物彷彿都在睡夢中的幽靜深夜裡，初生寶寶的哭聲悄悄地劃破這片寂靜。

剛出生的寶寶像動物的幼崽一樣，還沒剪臍帶就直接被放在仰躺著的紗由梨將胸前。幾乎沒沾什麼血，像瓷器般光滑。和紗由梨將、浩二君兩人都像，是個五官端正的漂亮女娃娃。

「真可愛！」

紗由梨將興奮得臉都紅了，以指尖觸摸著自己小孩的臉頰。真不可思議，之前看起來那麼年輕又靠不住的紗由梨將現在已完全一副為人母的表情。浩二君在紗由梨將身旁感動得一把鼻涕一把眼淚，同時不停摸著她的頭說：「妳真是太棒了，太棒了。」

「這回真的很順利。」

老師也一邊在水龍頭洗手，一邊誇獎兩人。我不知道該怎麼表現才好，不過也感覺到安適的氣氛充斥在整個屋內。整個房子彷彿就要這麼輕飄飄地飄離地面，像氣球似地飄到空中。屋外傳來貓頭鷹的叫聲，彷彿在宣讀祝賀寶寶誕生的賀電似的。距離天亮還有一點時間。

我出神地凝視著寶寶，老師突然對我說：

「瑪莉亞將再不久也要生了，要請紗由梨將讓妳摸摸看臍帶嗎？」

「這，可以嗎？」

我小聲地問紗由梨將，她沒答話，只是把手掌托在寶寶背部微笑地望著我。紗由梨將生產之前當然也很可愛，不過現在比那時候變得更有女人味，也更漂亮了。

為了慎重起見，我先洗了手，並用毛巾仔細擦乾後，才小心翼翼地伸出手去。這是我生平第一次摸到臍帶，比想像中還要有彈性。再稍微更仔細地摸，甚至還感覺得到脈動。

「跳得好規律耶。」

我感動得低聲自言自語。

「整個分娩過程中，我也最喜歡這段時間。寶寶和媽媽之間就靠這麼一條臍帶相連。」

香菜小姐說著輕輕把她的手放在我肩上。

鶴龜助產院的做法是把臍帶留得很長，從寶寶肚子一直到接近母親胎盤的長度都留著。等臍帶完全乾燥再還給母親。把臍帶分成一段一段熬湯給寶寶喝，據說可以增加免疫力。臍帶的長度和粗細視個人情況各不相同，真的是連結寶寶和母親之間唯一的生命線。

我摸著紗由梨將的臍帶，用力咬著嘴唇。我終於了解生日那天老師對我說的那句話的意思。

「妳也有肚臍對吧？」老師當時是這麼說的。

沒錯。我也曾像這樣以臍帶和母親連結在一起。臍帶比外表看起來更強韌，是個有形體而溫暖的東西，而且即使是遠在他方的人，也仍透過臍帶而一直一直連繫著。我並不是被神拋棄的孩子。發現這點後，不禁覺得現在能在這裡摸著紗由梨將的臍帶實在是件很棒的事情。

「謝謝。」

我輕輕放開紗由梨將的臍帶，但手心還鮮明地殘留著鼓動的感觸。

隨著母體的營養透過臍帶流進去，剛出生時看起來很白皙的寶寶也逐漸變成偏紅的粉紅色。而且起初呼吸的時候好像掙扎得很痛苦，但靠自己的力量把積在肺裡的液體吐出來後，呼吸就順暢起來了。

太厲害了。雖然覺得自己腦海裡竟然只浮現出這麼單純字眼實在很沒用，但一個人的誕生真的是個大工程。一開始是極小的卵子和比它更小的精子結合，接著小小受精卵不斷地進行細胞分裂，然後世上獨一無二且不是任何人複製品的人類才誕生。

我也是這樣從母親的子宮裡誕生出來的。為了不傷害母親的身體，盡量縮著身體擠出來，花了好多時間。雖然也許其實是剖腹生出來的，真正情況不得而知。

我感覺自己好像是剛剛才從紗由梨將子宮生出來的寶寶似的。老師叫我來這裡的心意我終於了解了。

據老師說，臍帶血流到寶寶身上所需的時間每個人都不一樣，大約介於十五分鐘至兩個小時。紗由梨將的情況是生出來後大約三十分鐘，脈動才逐漸停止。

老師確認情況之後，在臍帶的兩處用夾子狀的東西夾住，浩二君就用剪刀從中間剪斷。

「哇！好像花枝的一夜乾喔！」

浩二君的形容太過逼真，害我有些不知失措，但不管怎麼說，寶寶和紗由梨將的臍帶被剪開的那一瞬間，兩個人的身體就分開了。之前是命運共同體，但現在兩人卻必須從此各走各的路。

「這樣一來就分娩完成了。」「恭喜！」「Chúc mừng！」

我們每個人再度向她祝賀，同時為她拍手。「謝謝！」雖然紗由梨將這麼說，但其實想表達謝意的是我。紗由梨將和紗由梨將的寶寶教了我寶貴的事情。

沒多久，紗由梨將又再度感到陣痛般的痛楚，接著胎盤就出來了。這稱為胎衣。這是我有生以來第一次見到真正的胎盤，好像大紅色的水母。

「胎盤這東西真的是一點都不拖泥帶水。因為任務完成後就會自己脫離而掉出來。而且為了避免血水漏出來，還會把袋口翻到裡面去。我也總是希望自己人生結束的時候能像胎盤一樣啊。」

老師以愛憐似的目光凝視著紗由梨將的胎盤。只要本人有意，胎盤是可以吃的。聽說有人吃自己的胎盤，起初我是打從心底吃驚，但這似乎是自古以來就有的習俗。

要回家的時候，我問了紗由梨將生產的感想。寶寶已經吸著紗由梨將又黑又挺的乳頭。

「現在已經完全不痛了。感覺肚子裡好像被裝了炸藥。人家不是常說就像從鼻孔裡生出西瓜來嗎？不過那感覺很舒服喲。現在反而感覺生為哺乳類真是太棒了。等到瑪莉琳也生完就知道了，所以妳也要努力喲。還有，那個可能有效。」

「什麼『那個』？」

我一頭霧水地反問。

「喏，是不是叫作『歡迎什麼』來著？」

她自己先說了頭，臉上卻起了紅暈。我靈光一閃，她應該是想說「歡迎棒棒」吧？

於是半開玩笑似地回答：

「真羨慕妳有那種對象。」

邊看島紅白邊吃飯的時候，老師和艾蜜莉告訴過我。精子含有和陣痛促進劑相同的成分，可以使產道變得柔軟，所以即將臨盆時做愛可以讓寶寶比較容易生出來。艾蜜莉那時的確是使用「做愛」這個詞。

一臉陶醉餵哺著寶寶的紗由梨將渾身就像黏呼呼的蜂蜜似的，散發著彩虹般的光彩。

「生為哺乳類真是太棒了」的感覺一定要實際生過孩子才能體會。

整理好東西走出屋外時，正好看見美麗已極的朝霞。

粉紅色、深紅色、水藍色、黃褐色。各種顏色層層堆疊構成美麗的漸層色彩。每個顏色都不會自顧自地搶鋒頭，而是彼此禮讓共享舞臺，感覺是很謙虛的朝霞。因為熬夜的關係，頭有點重重的，但一見到這美景就立刻煙消雲散了。

用左手遮著太陽試著進行光合作用。

我現在跟太陽握手的技術比剛到這島上來時厲害多了，立刻就感覺陽光投射在掌心。我閉上眼睛祈禱。

希望剩下的兩個月能順利度過。希望能平安地看見寶寶。

紗由梨將成為母親的同時，我也開始固定到島上的一個日間服務設施去。島上很多老人家，也有很多人獨居，而這些人白天就聚集在聚落的日間服務設施，和同伴一起打發時間。我就是去那裡幫他們按摩。

長老的話一直深深地印在我腦海裡。不知道輕輕幫他捏捏肩膀他就那麼高興，否則不管他當時再怎麼客氣推說「好了，好了」，我還是要再繼續捏。要是早知道就好了。已經不能再為長老捏肩膀了，我想就把這分心意轉到住在島上的其他老人家身上。因為長老常說這島上的人個個都是兄弟姊妹。

這陣子身體狀況不錯，而且也希望積極開始做些自己能做的事情。和老師商量之後，她立刻幫我介紹，事情很快就說定了。

剛開始的時候，老人家跟我說的話我總是聽不太懂，有點害怕。但去了幾次之後就漸漸習慣了，不知不覺間，竟開始期待到設施去的日子。正如香菜小姐在海邊露天溫泉對我說的，老婆婆們一知道我懷孕，大家都開心地跑來摸我肚子，開始把我當成孫女或曾孫女般疼愛。

雖說是按摩，但基本上還是老師教我的撫觸療法。

剛開始的時候，我總是在肩膀使力並抱著我在幫對方治療病痛的想法，結果都失敗了。這樣想的話，就是把自己定位在比對方高的位置，所以難免會產生傲慢的心態。重點是要把心放空，只是慢慢試著配合對方的呼吸。

久了之後，就越來越能聽見對方身體的聲音，雖然只是一點一點地進步。身體狀況好的人只要把手放上去就知道了，手掌會感到高興。反之遇到身體狀況不好的人，把手放上去的瞬間就有一股討厭的感覺，很冷，而且有時候還會感覺麻麻的。又有時候手掌會自動移到狀況不好的地方去，然後若一直把手貼在那地方，就會感覺刺刺的、冷冷的，不過也會像陽光那樣逐漸變暖。做越多次就越是陷入撫觸療法的世界，我開始相信自己也能為他人做些什麼，而這對我而言就彷彿獲得生存的倚靠。

撫觸療法做完後，老人家都會謝謝我。

何必謝我呢？我才該說謝謝。然後憐惜地摸摸我的手，同時用另一手在口袋裡摸索，有時候就摸出一顆糖果當作謝禮。要是沒有糖果，有時候就說個島上自古流傳的民間故事給我聽，或是為我肚子裡的孩子唱首以前的搖籃曲。其中，總是穿得很可愛的春子奶奶還曾送我一個用林投葉做成的風車。

春子奶奶邊用雙手靈巧地把葉片折彎，同時把自己在島上生產的情況說給我聽。她說正忙著田裡的事情時，突然開始陣痛，甚至來不及趕回家就在路邊生了。我每次都很期待撫觸療法結束後能聽到這類故事。

名為「濱下節」的節日也是日間服務設施的老人家們告訴我的。

據說舊曆三月初三這天，女性會相邀到海邊去。婆婆們也都很期待這天到來。撿拾海藻或貝類，在海邊圍著聚餐，好像也有人會走進海裡淨身。今年這天正好相當於新曆的四月十六日。

距離濱下節還有幾天的午後接近傍晚時，老師幫我做了第九個月的產檢。離預產期已經不到兩個月了。

我提到濱下節的話題，老師就興奮地說：

「鶴龜團隊當然也會去呀。」

「也要走進海裡嗎？」

我半是期待半是不安地問。

「要看那天天氣好不好啊。要是晴天水不冷的話，瑪莉亞將也下水看看吧？」

老師在我肚子塗上果醬般的東西，再拿一個小熨斗狀的探頭貼上去，同時若無其事地問我。超音波檢查的顯示螢幕上出現像是寶寶耳朵的東西。

我決定暫時先不回答。雖然我覺得海看起來很美，但想像自己實際泡進海水裡總還是不免有些卻步。何況原本安西夫婦灌輸的海的可怕也因為長老的死而成為現實。他們的話既不是騙人的也不是嚇唬人的，而是真的。心裡那個小時候形成的疙瘩還完整地存在，勉強撕開的話恐怕會流血。

最近寶寶很少動我有些擔心，所以特別請教了老師。老師說對這時期的寶寶而言，子宮已越來越窘迫，我肚子裡的孩子也正常地轉為頭朝下的胎位乖乖待著，所以沒問題。

直到不久前一直希望無論什麼情況都要在鶴龜助產院生產，由老師為我接生。現在當然還是覺得如果能這樣就好了，可是懷孕和生產總有無法預料的狀況發生，我也可能會被送到島上的診療所去分娩，要是情況更嚴重還可能會用直升機被緊急送到本州的醫院去。若到時候真如此，那麼那就是對我和寶寶而言最好的分娩方式。正如之前大家一起吃野豬肉丸鍋時老師所說的那樣，生產方式沒什麼好不好，只要順利把寶寶生下來就好，要是最後是剖腹生出來的，我想那也是這孩子的命運。而且萬一難產，我希望以這孩子為優先考量。如果能拿我的命換寶寶的命，那我很樂意奉上自己的生命，我已有這樣的心理準備。

懷上這孩子雖然才幾個月，但卻有幸能以不同於從前的心態來看世界。光是這點，對我來說就已經太幸福了。

濱下節這天天氣晴朗得不得了。正巧沒有出現產兆的孕婦，也沒有住院的母子，所以老師應該也能放心出門。真不可思議，據說每年濱下節這天都很空閒，或許這是出自產神的巧妙安排，意思是：「就在這一天，各位助產師也好好休息吧！」

老師、香菜小姐和我三人早上就開始準備。無論如何還是邀了沙米，但他只是愛理不理地回答：「既然是女人的節日，就妳們幾位女性自己去吧。」最近沙米就像個沉默寡言的農夫，每天努力做著田裡的工作。空閒的時間也躲在洞窟裡，不知道默默在進行什麼。

「哇，又燒焦了。」

用鍋鏟把平底鍋裡的蛋翻過來一看，黃色蛋捲的一部分已經焦黑了。

「沒關係，沒關係。瑪莉琳妳煎焦的部分已經越來越少了。再煎幾次就會慢慢習慣的。」

香菜小姐拍拍我的肩膀鼓勵我。

「謝謝。不過都已經第六次了……」

「六次，還早著呢！煎蛋捲這東西可是孩子最先接觸到的『媽媽的味道』呢。所以妳一定要煎到成功為止！」

這回是老師發的通牒。

「咦？煎蛋捲有那麼重要嗎？」

我詫異地反問。

「就是這樣啊。」

老師一臉理所當然的表情。

「因為從煎蛋捲這道菜就可以知道一個人的性格。我最喜歡奶奶為我做的煎蛋捲了。

一點都不甜，是只吃得出鹹味的煎蛋捲。」

「鹹的煎蛋捲，我恐怕無法想像。」

聽到煎蛋捲這個詞，腦海裡最先浮現的就是養母做的煎蛋捲。甜甜的，軟綿綿的，我小時候最喜歡剛煎出來的蛋捲左右兩端，喜歡得不得了。即使涼了也很好吃，但剛煎好就趁熱塞滿嘴才真是無上的幸福啊。嘴裡冒出白色的蒸氣，柔和的滋味不只是在嘴巴，甚至都擴散到全身了。那是以往住在設施裡絕對吃不到的手作料理。而我之前竟從未想起養母的煎蛋捲。或許我果真看不見許多事情。

「我也有理想中的煎蛋捲，所以一定要以那為目標多練習！」

我用老師和香菜小姐都聽得見的聲音清楚地宣誓。

準備妥當後，把剛做好的料理塞進大型多層便當，然後就出發去參加濱下節的活動了。在鶴龜灘當然也很好，可是老師說還有走起來更好走的白沙海岸，所以就決定由老師開車到那邊去。單程不到一小時的車程。

天氣真是太宜人了，全身細胞都高舉雙手喊著萬歲。所有風景看起來都閃著亮光，島上所有的綠樹看起來都像在歡呼，鳥兒們嘰嘰喳喳的彷彿要說盡世上所有絕妙好事似的。光線迸射開來，宜人的海風吹拂而去。這樣的日子會讓人無條件地慶幸自己是活著的。

途中老師的車子穿過僅容動物通行的小徑，順道去了被綠樹包覆的小木屋村。

「今天還多邀了一個人。」

老師按了喇叭，把車停在看板前等了一會兒，結果從裡面走出來的是艷子女士。她戴著帽簷低垂的帽子，身穿長袖襯衫和牛仔褲。單薄的肩上掛著背巾。裡面一定放著人偶吧。老師下車臉上堆滿笑容地迎向她說：

「早啊，艷子女士，妳好像比之前稍微胖了一點，對吧？」

她身體還是一樣瘦，我完全看不出她到底哪裡胖了。但艷子女士聽老師這麼說，帽子下方的嘴脣就微微露出笑容。

「早安。」「今天也請您多關照。」

我和香菜小姐也和坐進後座的艷子女士打招呼。

老師帶我們去的地方是從鶴龜助產院看過來正好位在島相反側的沙灘，我這還是第一次去。沙真的是純白色的，反射著光線看起來很耀眼。太過刺眼，害我眼睛淚汪汪的。

這海灘中午過後就是乾潮，現在潮水已經退了，上面鋪滿整片綠絨毯般的海藻。先到的人已經開始採海藻了。

老師和艷子女士一組，所以我就和香菜小姐同一組進行。香菜小姐身上的越式旗袍裙襬迎著微風輕飄，好像天女。

白天趁乾潮在海灘採拾的活動和上次跟長老、沙米一起去珊瑚礁抓魚又有不同的樂趣，甚至讓人以為不是同一個海。太陽光照射下的海底處處都很健康，處處閃爍著光輝，坦蕩而溫柔。

香菜小姐蹲著撿拾藻類和貝類，我就把它們放進籃子裡。香菜小姐專注地撿著落在腳邊的小貝類，但卻突然沒頭沒腦地對我說：

「我很感謝瑪莉琳呢。」

她竟然這麼說。

「該感謝的人是我吧。每次工作都要拜託妳幫我在後面盯著，都是我在麻煩香菜小姐呢。」

「沒這回事。」

她的聲音顫抖著。

「發生什麼事了？」

香菜小姐的模樣和平常不同，我忍不住湊上前去。我強烈感覺香菜小姐一定想跟我說什麼。

「遇到瑪莉琳之前，我一直以為自己絕對不會想生孩子。從事這種工作卻這麼想，很怪吧？」

她這話讓我不知道該怎麼回答。為寶寶換尿布或安撫哭泣中的孩子時，香菜小姐的動作總是充滿慈愛，所以沒想到她竟會有那種想法，真是太讓我意外了。

「不過在近處觀察瑪莉琳久了之後，也發現自己還有更多可以做的事情。我也和老師一樣，也許自己一輩子都不生孩子。不過，現在卻開始覺得，幫助別人生產，親眼目睹幸福的誕生時刻，這對我而言應該意義更重大吧。所以一直想鄭重地向妳致謝。」

我看見香菜小姐的眼淚大滴大滴地落入海中。腳邊的水窪裡有許多色彩鮮豔的小魚游來游去，用戴著眼鏡般的眼睛不可思議似地望著我們這邊。香菜小姐邊擦著淚邊繼續說起那簡直是教人想摀住耳朵不忍心聽的痛苦過去。

香菜小姐的母親在生香菜小姐的弟弟時過世了。這事很早以前就聽她說過，不過原來還有續集的。香菜小姐的下面還有四個弟妹。必須一肩扛起照顧五個小孩的父親起初很努力工作，但逐漸變得只知道喝酒而不務正業。香菜小姐只好代替父親照顧下面的孩子。可是整天泡在酒精裡的父親不知不覺竟開始把自己的女兒誤認為妻子，有一天香菜小姐被父親侵犯，甚至懷孕了。

這就是香菜小姐左手腕殘留著無數傷痕的原因。我靜靜聽著香菜小姐的敘述，感覺胸口都要爆炸了。

「不過後來流產了，還好沒把那個受到詛咒的孩子生出來。知情的親戚想讓我離開父親，還借我資金到日本留學。所以我一直不想回越南。可是上次難得回去，卻發現父親已經過世了。」

香菜小姐說到這裡，用越式旗袍的衣袖使勁地擦去眼角最後那滴淚珠。

「所以我看到瑪莉琳那麼堅強的模樣，也感到勇氣倍增。」

我竟然可以給誰勇氣，真是做夢都想不到會這樣。

「香菜小姐也讓我變得很有精神呢。」

我這麼說的時候，老師來叫我們了。

「該吃午餐囉！肚子應該餓了吧！」

香菜小姐站起身來，我用雙手緊緊抱住她。這說不定是我第一次主動抱人。就連小野寺君我也只是等他來抱我，從未主動抱過他。我臂彎中的香菜小姐全身僵硬，好像一根細木棍。

「Cảm Ơn。」

耳邊傳來香菜小姐悅耳的聲音，我們的身體就分開了。這事很簡單啊，明明就只是面對面張開雙手就好了，我怎麼會繞了那麼一大圈才學會這樣做呀！

走到老師所在的地方，艾蜜莉不知道什麼時候也來了，樹蔭下鋪著一張彩色的布，上面擺著美味的菜肴。便當的第一層放的是魚板、昆布卷、天婦羅還有我做的煎蛋卷，第二層是紅豆飯糰，第三層是艾草麻糬。光看都讓人胃口大開。艾蜜莉明明說她感冒還沒完全好，卻帶來她在家做的花林糖似的油炸甜點。

大家說了聲「開動」，就迅速伸出筷子。艾蜜莉告訴我這就是島上傳統的重箱料理。她說從前濱下節女性不做家事，是讓女性身體休息的日子，所以都是前一天先做好的。我做的有點燒焦的煎蛋捲雖然離養母做的理想煎蛋捲還很遠，但和其他料理擺在一起也毫不遜色。

艾蜜莉為大家做的炸甜點裡面放了好多我喜歡的花生。很香而且一點也不油膩，真好吃。懷孕前我不吃那些油炸食物，但懷孕期間卻一直想吃炸的東西。懷孕真的是充滿謎團，就連孕婦本身也有許多搞不清楚的事情。

結果一大堆炸甜點有一半以上都是我一個人吃的。懷孕後期體重增加不好，而且也容易產生妊娠紋，所以大家都要我節制一點。可是吃得很開心，實在停不下來啊。何況我的體重較懷孕前只增加了七公斤，老師說是因為我本來太瘦，所以吃得再營養應該也沒關係。

大家同心協力把所有的菜都吃光，茶也喝完之後，老師和艾蜜莉就一本正經地出發去進行乾潮撿拾。因長期睡眠不足而煩惱的香菜小姐立刻移到涼爽的地方，倒頭躺在鋪巾上。

只剩下我和艷子女士兩人還在沙灘的樹蔭下。艷子女士一邊輕輕搖晃身體，一邊為背巾中的寶寶人偶哼唱搖籃曲。之前我幾乎不曾和艷子女士直接說過話，但這情況也只好硬著頭皮開口了。

「寶寶叫什麼名字？」

但艷子女士卻沒回答。我以為她沒聽見，又問了一次。

「怎麼可能有名字？又不是活的。」

她聲音很小很難聽清楚，可是我的確聽見她這麼回答。

「對不起。」

我連忙道歉。恐怕是因為我對事情真相才一知半解，說了什麼不該說的話。

「妳一定覺得我是個可憐的女人吧？」

「沒這回事……」

「別因為懷孕就自以為了不起。」

艷子充滿攻擊意味的話我完全無法回答。這時如果換成老師在場，不知道會跟艷子女士說什麼？該怎麼做才能讓艷子女士情緒穩定下來呢？

這時，我的手輕輕地動了。我自己也不知道為什麼會這麼做，回過神來才發現我竟然讓艷子女士的雙手放在我肚子上。真的是手自己移動的，彷彿是肚子裡的寶寶伸出透明的手來引導我的手似的。真不知道該怎麼辦，這樣子會讓艷子女士更悲傷吧？但我的身體卻好似凝固了，完全無法動彈。

不知道過了多久，艷子女士的臉突然扭曲，露出和平常不同的表情。

「其實我自己也知道已經該停止這種事了，可是卻又辦不到，好痛苦。」

我雙手下方的艷子女士手指就像枝狀的珊瑚一樣又細又脆弱，而且冷冰冰的。以這樣的姿勢，艷子女士心裡的悲傷源源不斷地傳過來，連我都越來越難受。艷子女士悄悄咬住帽子陰影下的嘴唇。

有什麼不能讓我知道的事情嗎？這麼一想，我就自顧自地說起自己的事情。

「艷子女士，我是棄嬰，所以出生之後直到懷了這孩子之前，一直覺得自己的人生實在太不幸了。知道自己懷孕之前，丈夫就失蹤了……不過最近真的開始轉念，覺得幸好自己被生下來了呢。雖然我還是一輩子無法原諒當年拋棄我的母親，但我仍然心存感激。所以艷子女士妳也……」

享受活在世上的快樂吧？忘記悲傷吧？有一天孩子還會再來的？

這些都不對。並不是這麼單純的事情。我完全接不下去，沉默又重重地壓了下來。我的人生果然對艷子女士的悲傷一點幫助都沒有。開頭說了這些，這下該怎麼結束才好？正當我不知所措的時候，肚子裡的寶寶好像翻了個跟頭似地使勁動了一下。剛才明明一直乖乖不動的。

「啊！」

艷子突然張口發出短短的喊聲。

沒想到下一秒鐘，艷子女士就突然嚎啕大哭起來，就像拚死要把已經吃進去的東西吐出來似的。我從沒聽過這麼痛苦的哭聲。

這段時間我一直把手放在艷子瘦削的背上。遠處的海依然閃閃發亮，包容著慶祝濱下節的女性們。

好不容易止住哭泣的艷子女士用她通紅的雙眼瞪視著我。然後，抽抽噎噎地說起話來：

「我一直無法忘記，現在又想起來了。那孩子還在我肚子裡的時候，我是多麼幸福啊。我不斷悲嘆後來的別離：為什麼自己的臍帶會纏成那樣呢？為什麼？為什麼？我不斷地責怪自己，而一直忘記謝謝寶寶選擇了我。不過現在真的開始對寶寶由衷感激。」

說到這裡又哇地哭出聲來。可是或許是還有什麼話要說吧，艷子斷斷續續努力地編織著辭彙，她的聲音彷彿響徹我的內心深處。

「剛剛妳肚子裡的寶寶這樣告訴我：『拜託嘛，優美將的媽媽，笑一個嘛！因為優美將說她喜歡笑笑的媽媽。還有，說好了呢。優美將說她還要來當媽媽的寶寶。她要妳養好健康的身體等她來。』因為我和我先生一起決定為女兒取名為優美，優雅而美麗。『還有，她還說，希望爸爸還是同一人，因為我也喜歡爸爸，跟喜歡媽媽差不多，所以希望能再當你們兩個的孩子。』妳的寶寶還這樣告訴我。」

我用雙手包覆著艷子的手掌，持續為她加溫。艷子女士的手就像小鳥一樣乖乖蹲伏在我肚子上的鳥巢中，過了一會兒，才像要踏上旅程似地，咻地飛離我的手掌。

「這個就給來助產院玩的孩子當玩具吧。」

她把人偶連同脖子上掛著的背巾解下來交到我手中。

「這樣好嗎？這可是……」

「沒關係啦。雖然我一直把這當成優美的替身而寶貝著，不過優美終究是優美。」

「可是，背巾呢？」

要是下回生了真正的寶寶，或許還能用。但艷子女士卻露出爽朗的笑容，乾脆地說：

「送給妳。當成謝禮。」

說著站起身，拿著包包就要邁開腳步。我大喊著問她：

「妳要去哪裡？」

我一時差點想到可怕的事情。大概是感受到我的心情吧，艷子女士露出和緩的表情，明快地回答：

「我只是要回家。這一帶我走慣了，一個人回去也沒問題的。」

「艷子女士！」

我再次叫住剛要轉身的艷子女士。艷子女士露出「什麼事」的表情回過頭來。我也從沙灘上站起身來。

「寶寶出生後請來看我，我希望讓妳抱抱他。」

我並不是有意炫耀自己的寶寶，而是更單純的心態。

「謝謝！」

艷子女士回答，這是她這天說得最大聲的一句話。她邊揮手邊離開沙灘。

過了一會兒，老師網裡裝滿大量海藻和貝類回來了。怎麼看都像是個專業的海女。

艾蜜莉也撿了許多貝類，臉上帶著滿足的微笑。

「大豐收呀！」

我切換心情朝兩人笑著說。

「咦？艷子女士呢？」

老師問。

「她留下這寶寶，回家去了。」

我沒特別說明事情來龍去脈，只是簡單回答。

「總算畢業了嗎？」

或許老師領會到什麼了吧。

朝海邊望去，穿著泳衣的幾個女性一起邊喧鬧著邊走進水中。浪頭一一閃耀著銀色光輝，不知為何光是看著這光景內心某處就受到刺激，情緒幾乎要傾瀉而出。今天說不定能夠跟海和解。

「試著走進海裡去吧。」

我用老師也聽得見的聲音清楚地這麼說。

老師走回車上，然後把後車廂裡的下水裝備帶過來。我照她說的，換上弄溼也無所謂的鞋子，並換上泳衣。香菜小姐也醒了。她說既然瑪莉琳要下水，那她也想下水，又說自己穿著越式旗袍直接下水沒問題，然後就當場做起暖身動作。

老師借我一個套在腰上像裙子似的東西，所以我就套著那東西朝海走去。老師和香菜小姐分別扶在我的腋下。

先淹到腳踝，接著到膝蓋，水越來越深。他們兩人穩穩地抓著我的手臂。但即使如此，每次浪一過來，身體就好像快被沖離地面。第一次有這種感覺，不安和開心的感覺交織著，腦袋恐怕不知道會變成怎樣，但提心吊膽地走到海水淹至大腿時，也還好端端的。

「怎麼樣？第一次泡到海水的感覺如何？」

「舒服，很舒服。」

就像用舌頭品嘗食物的味道，我也讓全身的皮膚感覺全部動員起來，首次體驗了海水的觸感。地方不同，水溫也會不一樣。途中我試著讓腳漂浮著，同時有點像游泳那樣前進。浸到腰部也還沒問題，所以我又試著前進到更深的地方。海水很柔軟，像上等絲綢般溫柔地包覆著我的身體。

這時我突然想到，或許聰子和長老也正守護著我吧。聰子是安西夫婦親生女的名字。我心裡一直避免說到她的名字，因為我自己私下一直把聰子想成敵手，所以也一直拒絕親近吞噬了聰子的大海，自己隨便幻想聰子會因為嫉妒我而想把我拉進海裡。但這其實是我弄錯了，因為我和聰子即使沒有血緣也是姊妹。接著又想起聰子不到十歲就離開了人世，實在遺憾。和父母親分離不知有多痛苦。

回過神來發現水深已幾乎到脖子了。

「瑪莉亞將，機會難得，要不要漂浮看看？」

耳邊立刻響起老師的聲音。

「我和香菜小姐會用手撐著妳。」

「好，我試試。」

我簡短地回答後就用力深吸一口氣，往海面仰躺下去。

「輕飄飄的，全身的力氣都消散了耶！」

有點害怕但我還是試了。身體不住搖晃。海水進入耳朵裡面，感覺世界好像離我越來越遠。我乾脆伸展手腳讓身體呈大字狀。面對著淡藍色的天空時，不禁開心地綻露微笑。我閉上眼睛專注在光的感覺上。

「好厲害呀！瑪莉亞將自己漂浮起來了。」

耳邊傳來老師的聲音。但我依然閉著眼睛，漂浮在海面上，同時想著聰子和長老。就像躺在無形的吊床上似的。原來如此，肚子裡的孩子漂浮在羊水中的感覺說不定也是這樣。真是太幸福了。如此感覺的瞬間，也同時感覺有一條長長的臍帶從自己的肚臍伸了出去，和宇宙連結在一起。

我緩緩睜開眼睛，老師正俯瞰著我。實在太舒服了，我忍不住「啊」地叫了出來。大概是因為透過海水聽到的吧，聲音聽起來很奇怪。我繼續飄浮在海上，同時用雙手摸著肚子。

謝謝你剛才幫我把訊息傳給艷子。

寶寶又安靜下來，但我的心意好像已經傳達到了。我知道，因為我是孩子的母親。

偶爾滲進嘴裡的海水嘗起來挺鹹的。孕婦是不准過度攝取鹽分的，所以我緊閉著嘴巴，盡量不喝到海水。香菜小姐的事情、艷子女士的事情，還有我自己本身的事情。這些事情，不僅在我腦海中，就像在我全身迴轉奔跑似的。

漂浮在春天溫暖的海水中，覺得自己真可恥，還以為只有自己是棄嬰，只有自己心裡一直背負著重擔。其實大家都很痛苦，但依然掙扎著努力活下去。因為人生的傷痛是無法請任何人代替的。就某種意義來說，人在呱呱落地的那一瞬間或許就已經是棄嬰了，注定要永遠孤獨，但也正因如此才會在與人相互接觸、相互幫助中找出喜悅。

「瑪莉亞將，既然妳已經能順利這樣讓全身力量消散，在分娩的時候也別忘記現在這種放鬆的感覺喔。」

老師充滿活力的聲音從上方某處傳來。潔白的雲就像滑過河面似地急速流過。

來到島上都已經過了半年以上，我終於鑽進「流浪小吃」的布簾。雖然我總想著有一天一定要去看看，但始終找不到機會。根據醫學理論，三十七週到四十一週都是預產期，所以正好進入第三十六週的我可說距離分娩已經只剩下讀秒階段。回想起來，就是這家店製造了我遇見老師的機會。

想到老師第一次跟我搭訕所說的話，每次我都忍不住想笑。「妳是來找流浪嗎？」竟然拿這種話來和陌生人搭訕，也實在太莫名其妙了。老師當時是坐在洗澡用的小板凳，從下面仰頭望著我問的。那時如果老師沒主動開口問我，我的人生不知道會變成怎麼樣。現在的我已經不敢想像自己沒遇見老師的人生了。

「流浪小吃」是一個組合屋模樣的建築物，兀自佇立在叢林中。我請老師告訴我地方，中午過後我就獨自前往。

「歡迎光臨！」

出來招呼我的顯然是個女裝打扮的男人。我嚇了一跳，差點忍不住往後退。她臉上的妝離自然妝很遠，是舞臺女演員那種濃妝。她臉上濃妝豔抹，但脖子以下卻勉強擠進配色樸素的女性服裝。老師告訴我這人叫「小肇」，所以我想再怎麼說也應該是個男人吧，沒想到竟然是這樣的男人。不過這也正像是老師的作風。

「我是從鶴龜助產院來的小野寺瑪莉亞。」

我鑽進布簾，向小肇這樣自我介紹。

不是老師故意說好話，流浪小吃好像真的很受歡迎。坐落在離聚落相當遠又很難找的地方，且現在又已過了午餐時間，但吧檯的八個座位卻還有六席是滿的。

我把錢投進門口的售券機，按下「孕婦拉麵」的按鈕。根據鶴龜助產院的慣例，進入臨月必須一個人到這裡來吃這種拉麵，據說這樣就能安產。

拿著掉出來的餐券，我在心裡暗中為自己打氣，同時一屁股坐在吧檯一角的空位上。今天早上開始，尾椎骨附近就陣陣作痛。昨天從日間服務設施走回去的途中，小腿突然抽筋而差點跌倒。前天大腿根部也痛了一天。每天身體都有某處會痛。孕婦其實只是胎兒的容器罷了。我的身體是穿在外面的人偶裝，真正主角是肚子裡的寶寶，我不過是遵照從肚子發出的指令行動的機器人。進入臨月後越來越能感受這種情況。

老闆為我送水過來，我就把孕婦拉麵的餐券遞給他。

仔細近看，老闆的五官很立體，就像西洋雕像一樣。要是好好把厚厚一層的化妝品卸乾淨，應該長得挺帥的吧。我覺得好像有些面熟，大概是因為他長得像某位明星吧。

吧檯另一邊就是廚房，大鍋子裡正不斷冒出許多蒸氣。對面的中式炒菜鍋好像從剛才就在炸東西。老闆用長柄網杓把大鍋裡的中式麵條撈出來後，用力上下甩了幾次把水分瀝乾。接著把麵放進盛著麵湯的大碗，然後從後面的中式炒菜鍋撈出橢圓型的東西放在上面，再灑上蔥花。

「來！讓您久等了！這是孕婦拉麵！」

就像變魔術似的，一眨眼工夫就完成了。放在我眼前的大碗散發著香味。

「那我就不客氣了！」

我立刻拿起筷子開始享用這碗孕婦拉麵。

拉麵上面放的那片是現炸的豬排。外頭的麵衣炸得酥脆且呈金黃色，一點都不油膩。把肉大口含進嘴裡的瞬間，覺得好像和肚子裡的寶寶兩人臉貼著臉一起咀嚼著炸豬排。

「好好吃喔。」

本來是想在心裡說的，但卻不由得說出聲來了。

「這個排骨麵是最好吃的。」

「排骨麵？不是孕婦拉麵嗎？」

「喔，兩個名字都可以啦。熬那個湯很費工的呢。豬大骨和雞架子之外，還加了魚貝類的高湯。還有，那個肉可是島上獵來的野豬肉呢。」

老闆向我說明。我邊動著嘴巴邊用力點頭附和。麵比較有嚼勁，湯也呈金黃色，高湯很夠味但卻不鹹。多汁而Q軟的炸豬排更是絕品。麵衣裡大概加了什麼特別的香料吧，讓人聯想起遠方的某個國度。

就在這時，毫無預警地，我的腦海裡突然浮現小野寺君的身影。真想讓他也嘗嘗這碗拉麵。這麼一想就突然感傷起來，並想念起小野寺君。最近因為自己的肚子和助產院的工作忙得不可開交，已經很久沒想起他了。

一起生活的時候我們經常半夜去吃拉麵。小野寺君很愛吃拉麵，下了班回家如果肚子餓，兩個人就出去吃東西。手牽手走在黑漆漆的路上，這段路程走得好開心。這幾年實在太忙，偶爾休假也多半一直睡覺，所以要兩個人一起出去太遠的地方也很難。所以對我而言，半夜上拉麵店就等於是在約會。態度冷漠的老闆雖然可怕但口味卻很好，所以小野寺君和我常光顧那家店。至於上面的配菜，小野寺君好像都是點叉燒肉，而我都是點滷蛋。後來漸漸和老闆也能交談幾句，他終於也會稱呼我「太太」，這樣反而害我有些害羞，不過心裡很高興。

那時候我只知道依賴小野寺君，並不是他的支柱，不管他工作有多忙。要是我有幫他的話……我邊想著這些事，邊喝著金黃色的湯，眼淚就止不住了。

還有其他客人在，所以我盡量不哭出聲，同時用力吸著麵。再吃得慢吞吞的話，麵都要糊了，那就糟蹋難得吃到的孕婦拉麵了。為了戰勝陣痛，所以這麵才取名為「孕婦拉麵」。我一定要加油，這可不是該哭的時候。可是越想止住哭泣，鹹鹹的淚水卻越是啪搭啪搭地滴落。但我依然拚命吃著炸豬排，老闆什麼都沒說，只是把面紙盒推到我面前。

「謝謝。」

我想謝謝老闆，使勁發出的卻是鼻塞的聲音。

「想哭就盡量哭沒關係。我也是啊。」

我覺得很奇怪，邊用面紙擦著眼角邊抬起頭來，沒想到竟然連老闆也在流淚。塗在睫毛上的睫毛膏都暈開了，左右兩眼下方垂著兩條黑色的線。接下來恐怕還有客人上門呀。頂著這張臉接客的話，無論是誰肯定都要嚇一大跳。

「你還好吧？」

這回換我把面紙盒遞給老闆。被老闆的哭臉鎮住，我的眼淚瞬間悄悄地縮了回去。稍微鎮定一點了，所以我把大碗中剩下的湯全倒進胃裡。

「謝謝，我吃飽了。」

土木工人模樣的男士們一起走了出去。老闆以嘶啞的聲音喊道：「要再來喲！」接著再度轉向我。他邊用面紙擦著眼角邊說：

「對不起，看妳哭我也跟著哭了。因為我想起上個月死掉的愛貓了，是隻像妳這麼白的貓呢。可是壽命盡了，誰也沒辦法呀。」

說著從廚房架子上取來裝在立式相框裡的照片給我看。我靈光一閃，「咦？難道……」為了確認，我拜託老闆：

「老闆，可不可以麻煩您轉過去一下？」

我確定是這輪廓後，充滿信心地對老闆說：

「去年秋天的時候，您是不是搭過船？」

但老闆卻不太確定地說：

「聽妳這麼說……我偶爾的確會到對岸看電影。」

「是十月的時候。」

「十月？」

「對，多半就是和這隻貓一起搭的。」

「啊，對啦，十月。小雪情況惡化，所以我配合店裡的定休日，帶牠上動物醫院去了。」

是因為這樣，所以我剛看到老闆的時候，才會覺得好像以前就認識他了嗎？

到島上來找小野寺君時，船才剛放下階梯，就立刻率先下船的原來就是老闆。我看到背影誤以為是歐巴桑，是因為老闆穿著女裝，所以也怪不得我。

「小雪將，已經到天國去了是吧？」

「是啊，大家都拋下我了。」

老闆收走我面前的空碗，為我端上蘆薈做成的甜點。我偶然抬頭往架子那邊看去，發現貓咪照片的旁邊還擺著另一個立式相框，裡面是表情靦腆而身材纖細的女人照片。

我和老闆湊近臉聊著自身話題的時候，最後一位客人好像也悄悄走出店裡了。回過神來才發現店裡只剩下我和老闆兩人。

「不過，我雖然遇到很多事情，現在卻很快樂。」

為什麼？我以疑惑的眼神回望老闆。

「因為有很多人說我煮的拉麵很好吃而專程過來呀！超棒的！」

他臉上浮現棒極了的笑容。若是這情形我也能了解。自己做完撫觸療法時，老爺爺和老奶奶如果很開心，我就也無條件地高興起來。

「可是當初我如果沒遇見龜子，這家店或許就不會繼續營業。」

「是這樣嗎？」

「沒錯，因為起初都沒客人上門。但那時龜子每天都來吃喲，而且那傢伙每次都哭呢。」

「老師嗎？」

「是呀。她看起來那樣，其實情感卻很纖細，是人家說什麼她都一一放在心上的那一型。聊著聊著我才發現我們兩人都背負著沉重的負擔。不過即使那種時候，她也是吃得很高興，就像妳剛才那樣。我受到激勵了。再怎麼難過，人還是得吃才能活下去呀。」

我眼前浮現老師連拉麵湯都豪邁地喝個精光的模樣。而且竟然吃相還很相似。這幾個月之間我一定也染上老師的野性作風了吧。

「大樹可以形成大影子，小樹就只能形成小影子。任誰看來龜子都是一棵又大又漂亮的大樹。可是或許正因為她那麼開朗又健康，所以內心才會藏著暗黑的陰影吧。」

老闆有所感觸地說。我至今都只想看到老師的光明面，但也認為要連同陰影一起完整地接受那個人才是真愛。老闆一定是打從心裡愛著老師。

「告訴妳一件事情。」

老闆用促狹的眼神望著我。我用眼神反問「什麼事？」

「妳一定有人生中最悲慘的事情吧？敢說出口才是愛那個人的證據。可惜我和我老婆實在不合……」

人生中最悲慘的事情我也還沒對小野寺君說過。

「謝謝，我吃飽了。」

懷著滿滿的感謝，我從椅子上站了起來。

「能不能讓我摸一下肚子？」

老闆十分客氣地問我，所以我說：「請呀，請呀，我很高興。」同時把越來越巨大的肚子向前挺出去。

「我老婆要是也能懷孕就好了呀。」

老闆說。他的手掌很柔軟，感覺好像被陽光輕輕撫摸似的。

懷孕又過了三十七週、三十八週、三十九週。

然而即使離預產期很近了，卻絲毫沒有產兆。聽說從預產期的三天前開始吃牛蒡的種子讓乳腺開通，母乳會比較容易分泌，所以我一天三次，每次七粒，充分咀嚼後食用。但寶寶這位主角卻還是不出來。只有前驅陣痛，時間一久就逐漸遠離了。想當作沒事，但心裡反而很不安，怕發生什麼嚴重情況。可是老師和香菜小姐隨時都陪在我身邊。不管怎麼說，我可是住在助產院而且還在裡面工作，再也沒有這麼安心的孕婦了。

就這樣一天天過去，有一天晚上，期待已久的徵兆終於出現了。內褲微微沾有血跡。雖不是每個孕婦都這樣，但據說這是陣痛發生之前的預兆。不過我自己倒是還感覺不到真正的陣痛快來了。

又過了幾天，早上一醒來就覺得整個腰都怪怪的。但我還是慢慢移動身體，脫下睡衣換上孕婦裝去參加朝會。香菜小姐寸步不離地陪我走到鶴龜灘。

島上已經進入梅雨季節，但這幾天卻一連都是晴天。今天不知道已經超過預產期幾天了。只知道孩子還住在肚子裡，好端端地活著。慢慢地、慢慢地，彷彿透過腳底每走一步就和大地親吻一次，我懷著這種甜美感覺向前邁進。

這天的朝會是跳草裙舞，我幾乎完全無法做出正確動作，因為已經沒法靈活扭動了。但依然有樣學樣，模仿老師一會兒張開雙手，一會兒用腳踩著節拍。做完之後，就在老地方等待朝陽升起，我發現破曉的時間會一點一點逐漸改變，太陽升起的位置也會每天移動。

最後閉上眼睛行光合作用的時候，兩腿之間感覺好像夾著東西。

我走走停停地回到母屋。大概是好幾天都沒下雨了，迎面吹來的風微微帶著溼氣。沙米一早就在田裡忙著。經過附近時我跟他說「早安」，他也穩重地回答「早安」。從父母親家回來之後，沙米就判若兩人。是我自己覺得啦，不過我還真懷念吊兒郎當的沙米。

吃完糙米配納豆、貝類味噌湯和羊栖菜的早餐，像平常一樣洗洗餐具，晾晾衣服，掃了地之後，就前往日間服務設施。想到有人在等我，就算爬也要爬去。

和平常一樣，幫老人家們做了撫觸療法。我逐漸了解每個人身體各有各的特徵和性格，也比較能讓他們高興了。現在還有人親密地稱呼我「撫觸療法的瑪莉琳」。

不過仔細想想，我也和流浪小吃的老闆一樣。要是沒遇見老師，說不定一輩子都不會發現自己有幫人做撫觸療法的用處。而且老師還是我肚子裡孩子的救命恩人。要是我沒獨自到島上來，老師沒主動跟我說話，我多半不會想把這孩子生下來。當時老師寫給我的信是我一輩子的珍寶，我把它和前些日子安西夫婦寄給我的信一起放在枕頭底下了。努力把孩子生下來，並傾注所有關愛來養育他，這就是我報答養育我到今天的所有人的唯一方法。

在日間服務設施和爺爺奶奶一起吃過午餐後，走了單程一個多小時回到鶴龜助產院。剛開始連這是不是路都搞不清楚，但現在即使是當地人都不知道的近路我也摸得一清二楚。

稍微繞一下路的話，有個可以展望大海的小丘，所以我朝那裡走去。途中肚子有點餓，就拔了一根長在雜樹林中的香蕉來吃。香蕉樹橢圓形的大葉子閃著亮光。

我彎下身體鑽過植物形成的隧道，視野突然變得開闊，大海豁然在眼前展開。小丘上有張生鏽的鐵管椅，不知道是誰放的。可是我從沒在這兒遇過任何人呀。或許是我來的時候，那人就悄悄往植物隧道走回去了。

「很漂亮吧。」

我出聲說。把雙手放在大到不能再大的肚子上，把愉快的心情傳給還無法目睹如此美景的寶寶。

整片海呈藍色，描繪出一條筆直的水平線。腳下是生長在小丘上的奇形怪狀的樹，開滿白花的樹枝上站著小鳥，正發出獨特的美妙啼聲。

實在太舒服了，我當場躺了下來。仰躺著很難受，所以我是側躺著讓四肢隨意伸展。在近處就聞得到泥土溼潤的香味。把臉轉向上方，看到樹枝和樹枝之間有張很大的蜘蛛網。美得像蕾絲墊的蜘蛛網上還殘留著朝露，就像昂貴的鑽石。我忘情地看著，舒適的微風徐徐吹過。

「啊——」

又忍不住出聲了。現在這一瞬間能待在這裡，真是太幸福了。純白色的鳥展翅朝平靜的藍天飛去。閉上眼睛讓心靜下來，就彷彿感覺得到地球的鼓動。

我似乎失神了一會兒。聽見耳邊有聲音，坐起身來一看，大約一公尺近的地方竟站著一隻半大不小的山羊。我靜靜凝視了一會兒。不管看幾次，我還是覺得山羊的眼珠子好像假的，很可怕。要是才剛到島上來，我一定會嚇得哇哇大叫。

但我現在已經不怕了。山羊、馬、牛等，這島上有許多動物與人類和平共處。

山羊似乎正在吃草，所以我決定把小丘的地權讓給牠。我慢慢用雙手支撐，小心翼翼地站起身來。就像準備要吃美食似的，我用力地深呼吸。大概是因為這樣，我覺得子宮收縮了起來。不過，應該只是前驅陣痛吧。這痛就像悶悶的生理痛那樣，還不至於無法忍受。我的陣痛好像在猶豫什麼似的，來一下就咻地逐漸遠離。萬一寶寶就這樣一直留在肚子裡會怎麼樣呢？我心裡突然閃過這念頭。

走回家的途中看到美味的山蘇長得很茂盛，想摘點回去送給老師。我大大張開雙腿，像相撲力士那樣蹲著。摘著摘著，怎麼突然感覺子宮收縮了起來，疼痛程度也比剛才大。我藉著深呼吸總算撐過去，於是站起來繼續走。其實真的很想用爬的，但畢竟沒辦法那樣。只好彎著身體，一痛就停下來休息一下，但還是這樣一步步往前走。可是走到距離鶴龜助產院還有幾百公尺的地方時，下半身突然像遭到電擊似的一陣劇痛，實在一步都沒辦法再走了。我用雙手蓋著肚子，就這樣躺在地上。因為實在太痛了，連「嗚嗚」的聲音都發不出來。就在意識逐漸消失的時候，隱約感覺啾噗來到我身邊，用溫暖的舌頭舔了舔我的臉頰。就在這一瞬間，我眼前頓時陷入一片黑暗。

不知道經過多少時間，耳邊傳來老師和香菜小姐的聲音。我使勁張開眼睛，他們兩人正擔心地盯著我。眼睛餘光看到黑得發亮的啾噗。說不定是啾噗去幫我叫老師和香菜小姐過來的。

「瑪莉亞將，妳到底多能忍呀！」

老師受不了我似地說。

「可是這應該是前驅陣痛吧？」

我勉強忍著痛，擠出沙啞的聲音說。

「瑪莉琳，這不是前驅陣痛，這很顯然是真正的陣痛。而且已經間隔不到五分鐘了吧。」

香菜小姐一臉正經地說。

「總之，等妳可以站起來，我們就走吧。不管怎麼說，在這裡分娩也實在……」

「可是……」

我已經一步都走不動了。我想起日間服務設施的春子奶奶說過，她以前就是因為來不及而在路邊分娩的。

「真是的，忍耐也該有個限度呀。」

我從來不知道自己很能忍耐，所以被老師這樣說反而感到新鮮。開始了，真的要開始了。

我閉上眼睛，等陣痛過去，陣痛真的就像退潮般逐漸遠去。我覺得這時候可以走了，於是用兩手撐著，小心翼翼地站起來。剛剛完全沒注意，臨月的孕婦倒在路中間大概真的很嚇人吧，我周圍都形成一道人牆了。一位騎著摩托車的中年人好像正好抓魚回來，像為我加油似地遞給我一條魚。我已經不靈光的腦袋覺得這位中年人的體型和長老很像。為了長老，我非靠自己力量把孩子生下來不可。長老一定也會在某處守護我分娩吧。

老師和香菜小姐分別在兩側從腋下支撐著我，開始慢慢朝鶴龜助產院走去。

「嘿，嘿，加油！」

背後傳來小孩子的聲音。是第一次午餐餐會時精神飽滿說了「阿彌陀佛」的那個男孩子。我想跟他說謝謝，可是實在痛到說不出話來了。遠遠地終於看見助產院的大門了。

我一直希望能在「包」裡分娩。那是第一次在鶴龜助產院過夜的晚上，菜菜子女士產下第四個孩子的地方。這事我之前就跟老師提過，所以我們直接走過母屋前面，繼續往「包」走去。

一走進蓋著白布的「包」，我就感到十分放心。陣痛正好也停了，就像沒發生過任何事似地消失無蹤了。剛才那麼痛的究竟是什麼呀？「包」裡面比外面稍暗，所以好像是我自己身在子宮之中。夏季期間會把接近地面的布捲起來，所以通風很好，偶爾有涼風吹進來。

我躺在鋪著草席的棉被上，剛喘口氣，老師就來幫我內診。孕婦討厭內診，所以除非必要老師是不會刻意作內診的，所以我很久沒被老師內診了。可是老師的技術比診療所的醫師還熟練，幾乎不痛。

「果然差不多全開了。」

大概是因為已經到「包」裡來了，老師的表情也不再那麼嚴肅。看老師這樣我更加放心了。

「半夜應該會生吧。」

就在我們對話之間，陣痛又再度襲來。剛剛不是還那麼輕鬆的嗎？我痛到連呼吸都沒法好好呼吸。坐起身來把身體靠在「包」的牆壁上。不管我把多少身體的重量壓上去，「包」還是文風不動。香菜小姐為了幫我緩解疼痛，特別墊著紗布壓住我肛門，同時在我腰部一帶輕輕撫摸著。但即使如此還是很痛，就像有人從腰部內側使勁用榔頭敲打似的，每次敲打就全身劇痛。我已經滿頭大汗了。

「瑪莉琳，試著『呼——』地吐氣。」

香菜小姐邊示範邊教我怎麼呼吸。直到幾天前都還覺得呼吸法很簡單，不必特地練習，但一到緊要關頭實在太痛，根本沒法注意這些細節。真擔心皮膚會爆裂開來，然後內臟和血液全飛出來。

我咬緊牙關，盡量找出比較不痛的姿勢。第一次看到菜菜子女士生產時，感覺她逐漸變成野獸而大驚，但現在換成我自己是野獸了。腦袋裡完全沒有什麼害羞之類的感覺，就連想的時間都沒有。我在「包」裡滿地打滾，大汗淋漓地忍受著陣痛，這時剛剛出去的老師終於回來了。

「瑪莉亞將，妳想吃什麼東西？」

因為陣痛，我一點也不想吃，但老師卻催促說：

「這得花上一段時間，而且肚子餓的話會使不出力喲。現在最好先吃點東西。」

意識模糊的情況下我只說了個「扶」字。其實我是想說「扶桑花」，但不管怎麼努力，也只能像呼吸那樣發出「扶、扶、扶」的聲音，沒法繼續講下去。

我算準陣痛稍微變弱的瞬間，一口氣說出「扶桑」兩個字。

「扶桑？啊，難道是扶桑花嗎？」

好開心，香菜小姐終於猜到了，光是這樣我眼淚都要飆出來了。

「老師，瑪莉琳大概是想吃扶桑花天婦羅吧？」

我配合香菜小姐興奮的聲音，點了好幾次頭表示「就是這意思」。

「我懂了，扶桑花天婦羅對吧。我現在就請艾蜜莉做。」

老師迅速地說。我突然想喝水，於是用手指向水壺。香菜小姐間不容髮地讓我立刻喝到水。

陣痛一退，不痛的間歇期就降臨了。真的很不可思議。那是暴風雨後的寧靜。剛剛明明痛得不得了，現在卻完全無影無蹤。我抬頭茫然地看著天窗，香菜小姐跟我聊起「包」。

「據說『包』一定要面南而搭。這樣的話，光線從天窗照射進來時，只要從光線的角度就能知道時間。」

確實如此，只要天氣晴朗，牆壁上總會有一點亮光，就像聚光燈似的。傍晚的柔和光線照亮了放在「包」裡的平衡球。間歇期的時候，香菜小姐仍一直在身邊陪著我，這讓我十分安心。

經過幾次陣痛的浪潮後，老師幫我送食物過來了。

「扶桑花天婦羅。現炸的，應該很好吃，盡量吃吧。另外，寬麵也是剛煮的。」

為了方便食用，特地幫我放在小小的餐桌上。寬麵有三個顏色，好像紅綠燈的配色。其實我很想用手抓來吃，但還是拿起筷子，從扶桑花天婦羅開始吃起。

第一次吃到這料理應該是冬天接近尾聲的時候吧？有些時候島上能取得的食物變少，光靠乾貨會不夠，老師絞盡腦汁後，拔來庭院的扶桑花花苞，裹上薄薄的麵衣後油炸。同時還炸了洋蔥花和羅勒花，但當時最合我胃口的就是扶桑花天婦羅。

並不是特別有味道，但實在好吃。我喜歡加鹽吃，不過現在因為有沾寬麵用的醬汁，所以我就沾來吃吃看。麵衣裡面透出紅色、黃色的花瓣，真是漂亮極了，連同寬麵一起吃進嘴裡，一下子就滑溜溜地滑進胃裡去了。

「綠色的麵是加苦瓜揉成的，黃色是加了薑黃，紫色是加了紫色番薯。」

一直用手撐住我腰部的老師這樣告訴我。清爽的口感讓我為之著迷。扶桑花天婦羅在鋪了紙的淺竹籃裡堆得像小山似的，寬麵也是平常一人份的分量，可是我卻唏哩嘩啦吃個精光。想到這是最後一次和孩子呈一體狀態吃東西，就感到有些落寞。香菜小姐算準我差不多吃飽的時機，給了我一杯溫的藥草茶。

大概因為吃東西的時候陣痛已經遠離了，現在越來越睏。

才一眨眼工夫就做了夢。

地點是在鶴龜灘，眼見朝會就要開始了。老師按下手提錄音機，可是沒聲音，好像壞掉了。老師於是看著我說：

「瑪莉亞將，妳帶頭跳吧。」

「不行啦！而且我肚子這麼大耶！」

在夢裡我也是孕婦。

最重要的是要我在人前跳舞，我實在沒辦法。但老師還是不肯讓步。

「沒問題的。妳不是學過一陣子芭蕾？教教大家吧。」

我心不甘情不願地跳了起來。起初腳一直被沙絆住，沒法跳得隨心所欲。我張開雙手，伸長一側的腿，接著當場一圈圈地迴轉起來。

回過神來發現大家都在沙灘上跳起芭蕾舞來了。所有的人，包括老爺爺、老奶奶，老師、香菜小姐、沙米和艾蜜莉，就連長老也都以各自發明的舞姿跳著。大家的動作亂七八糟的，和芭蕾舞差了十萬八千里，可是每個人卻都跳得很認真，這就更好笑了。

我跳得越來越開心。朝陽升起，感覺自己好像沐浴在聚光燈下。我專心地跳了一會兒之後，聽到老師說「只要做就會成功」，就醒過來了。很真實的夢。

我在做夢的時候，老師好像就開始幫我按摩肚子到腰部之間的範圍。「包」裡洋溢著清新的薰衣草花香。好舒服，不只是頭腦，全身好像都快融化了。這一瞬間我甚至連自己是孕婦這回事都差點忘了。香菜小姐同時在我腿部的三陰交進行灸療。有「陣痛穴道」之稱的阿基里斯腱兩側凹陷處也被壓住，所以有時因為燙和疼痛而幾乎忍不住要扭動身體。但即使如此，和陣痛相較之下，這根本算不了什麼。

看來艾蜜莉中途也來了。剛剛幾乎意識不清所以沒發覺，我的恥骨一帶敷著熱溼布。為了我一個人，他們三個片刻不離地照顧我，感覺自己像是某國的王妃。他們這樣大費周章地伺候我，我都想再懷孕一次了。後來又睏了。其實我很希望繼續做剛才的夢，可是降臨的卻只有深沉的睡眠。

但這場睡眠卻因下半身撕裂般的疼痛而驚醒。太陽已經下山了吧，已經幾乎沒有光線從天窗照射進來。實在太痛了，我連「痛」都喊不出來。和這回的陣痛相較之下，剛才在路邊感受到的疼痛只能算是兒童級的。

我把疼痛交給身體，使盡全身力氣大叫。「呀——」「啊——」都不足以表達了，我發出動物咆哮般的聲音。

「就是這樣，瑪莉亞將真是太棒了！」

老師這樣誇獎我。

「因為接下來陣痛才要正式出場。好好體會陣痛吧。」

咦？「接下來才要正式出場」是什麼意思？我心裡如此納悶著，同時又任意地發出聲音。這回是像餓肚子的狼在嚎叫。

「總之母親若未完全淨空，寶寶就沒法生出來。所以請把鬱積在心裡的東西全部、全部都吐出來吧。」

明明距離很近，但不知為何老師的聲音是從遠處傳來的。幾秒鐘後，我大喊：

「混蛋！」

這句「混蛋」是針對什麼呢？我自己也不太清楚。拋棄我的母親？設施時期的生活？安西夫婦？小野寺君？還是我自己？我雖然不知道，但越是喊出這種話，心裡就覺得越輕鬆。我放肆地大喊：

「謝謝！」「對不起！」「媽——」

每叫一句，就感覺從頭頂釋放出去，完全飛到九霄雲外去了。自己真的越來越放空。

我變得能夠配合陣痛的浪潮，大家和我一起憋氣使勁。

「別再出聲了。」「看著自己的肚臍。」

我聽到這些提醒了，但卻沒法順利憋氣使勁。我從沒想過呼吸竟然這麼困難。不過卻真的能感受到寶寶的頭正逐漸下滑。

我每次一憋氣使勁，好像就能隱約看見寶寶的頭。我緊緊抱住站著的老師上半身，跪著使勁。一直為我撫摸著腰部的應該是香菜小姐吧。艾蜜莉不時把胎心音監測器貼在我肚子上確認寶寶心跳正常。

「妳看，寶寶的頭就在這裡，感覺得到嗎？」

老師拉我的手去摸寶寶的頭頂。溼潤頭髮的觸感讓我不禁湧出淚水。清楚感覺寶寶的頭已經下來了。這是有生以來領教到的最大痛楚。真希望他趕快出來，我不停地憋氣使勁。可是老師卻說：

「瑪莉亞將，把眼睛確實張開。不要急，來！」

「哈——哈——哈——」她帶著我練習小力一點的呼吸。老師一再誇獎我「很棒！很棒！」即使自己知道做得並不好，心裡也很高興。痛楚達到顛峰，嘴巴已發不出尖叫以外的聲音。再這樣下去，身體好像就要爆炸而四處飛散了。

我想改變姿勢而彎曲膝蓋時，感覺背上有一股舒服的溫暖觸感。這教人懷念似的觸感是什麼呢？就像被裹在充分受陽光曝晒過的羽毛被似的，超乎想像的舒服。我身體的所有痛楚全消失了，雖然只有短短的一瞬間。

或許我已經死了，所以我現在來到天國的入口了。

很遺憾沒見到寶寶，不過也稍微摸到他的頭了，所以就算了吧。我模糊地這麼想著，這時耳邊突然有人低聲說：

「瑪莉亞。」

我更加相信自己真的到天國了。因為單叫我名字的就只有小野寺君。即便是同住了將近十年的安西夫婦到最後叫我時，名字後面都還加上「小姐」。可是小野寺君下落不明，應該不會在島上。那麼，這裡果真是……原來我真的死了。或許就是這樣，小野寺君才會在我身邊吧。

我這樣想的時候，有個刺刺的東西輕輕觸碰了我的臉頰。我伸手一摸，好像是個由冷熱部分微妙組成的男人的臉。刺刺的是鬍子。我狐疑地用手掌摸摸看，這下清楚聽見小野寺君的聲音了。

「加油！」

小野寺君？真的是小野寺君嗎？

我很想確認，可惜意識模糊發不出聲音。一陣痛楚像暴風般突然颳過身體，寶寶滑溜溜地動了。有人拉住我的雙手，我順勢跟著伸了出去，掌心傳來溼潤而溫熱的觸感。腦中靈光一閃：「該不會是……」張開眼睛一看，雙手捧著的是寶寶。沉甸甸的。我就這樣把他拉至胸前，臍帶滑溜溜地跳了出來。

這就是我期盼已久的寶寶。我和小野寺君的。

接著，我緩緩轉頭，心裡盡量不抱任何期待。可是站在那裡的果真是小野寺君沒錯。是我認識的、真正的小野寺君，如假包換。

「你回來了。」

「我回來了。」

我們夫妻簡短地交談。我覺得放在我肚子上的寶寶好像正一臉不可思議地凝視著我們。小野寺君的眼淚像雨水般啪搭啪搭地滴在我額頭上。

「謝謝妳為我生下這孩子。」

「我才該……」

想繼續說「謝謝你」的，可是卻哽咽得說不出話來。

「以後要請妳多關照了。」

「嗯。」

我因為剛出生的寶寶和小野寺君而滿心感動。寶寶開始發出細微的聲音。果然是男孩子。比我原來想像的還小、還脆弱。寶寶以「我什麼都知情」的眼神，像尊小神明似地凝視著我。

謝謝你選擇我做母親。

我一邊這麼想著，一邊把手掌貼在兒子軟綿綿的身體上。這孩子選了我們這對齟齬的夫妻而來到這世上。

順利分娩之後，感覺像是體驗了喜怒哀樂整套情緒。就像脫去一切多餘的東西而真的重生了，眼睛看到的景色及耳朵聽到的聲音，一切都是那麼的新鮮。

這孩子一定什麼都知道，所以才一直等待小野寺君的到來。就是因為這樣才晚出生的吧。

第二天聽小野寺君說，他夢裡出現了一位奇怪的老爺爺，用雙手比出愛心的形狀，還用手勢比著「到那裡去，到那裡去」。

「那個人該不會所有牙齒全掉光了吧？」

我靈光一閃問小野寺君，沒想到他卻一臉驚訝地回答：「沒錯。」

果然是長老。長老遵守和我的約定，真的把小野寺君帶到這島上來了。

船緩緩駛離棧橋，漸行漸遠。氣笛嗚咽似地響了兩聲。

我走到視野遼闊的二樓甲板，雖然風很強，但我仍使勁這樣大喊。就在這一瞬間，

「謝謝！」

眼睛深處猛地一酸，視線就模糊了。

路邊站著好多來為我送行的人，老師、香菜小姐、艾蜜莉、啾噗、沙由梨將和浩二

君帶著寶寶，還有艷子女士，甚至連認識的爺爺、奶奶都來了。

據說沙米聽到我兒子出生時的哭聲後，就在洞窟裡留了張紙條，沒告訴任何人就出發去旅行了。去環遊世界，為了成為手風琴演奏家。這孩子長大之後，我希望全家三個人一起去看他。

我拜託老師不要那樣大張旗鼓，可是老師一聲令下，由孩子們組成的銅管樂團也來了，他們從剛才就一直持續演奏著。老師甚至跟船長交涉，讓我演出拋紙彩帶那一幕。我和小野寺君對這都不太拿手，不過一生體會一次當電影主角的感覺也不錯。隨著船駛離棧橋，紙彩帶半途被扯斷，輕飄飄地飛舞在空中。

老師一直望著我這邊，不停揮手。和老師分離真的很痛苦，可是我有了兒子，而且小野寺君也回來了，不能再這樣繼續住在島上。老師為我鋪設了鐵軌，但現在我必須靠自己的力量去開闢道路了。

「有一天，一定會回島上來的！」

我使勁渾身力氣大喊。

老師用力點了點頭。沒關係，因為這並不是永別。只要活著，一定能笑著再見。

出生還沒滿月的兒子全身重量掛在艷子女士送的背巾上，在小野寺君的臂彎裡沉睡。裹住他身體的是據說我出生時人家幫我穿在身上那件繡著動物的嬰兒包巾。代代相連。我也有生我的母親。

船駛到海面上，香菜小姐和啾噗就同時跑起來。第一次見到香菜小姐的時候，她也是跑來跑去呀。想起那一幕，我鼻頭一酸，眼淚再度湧了上來。在這島上應該哭夠多了呀。

那樣跑會跌倒喲！正想這麼說的時候，果然不出所料，香菜小姐真的跌倒了。但她立刻爬起來繼續往前衝。銅管樂團的演奏已經只隱約聽得見而已。

香菜小姐和啾噗在堤防上跑著，再度跑到接近航路的地方。

「保重——」

她探出身體用力揮手大喊。站在我旁邊的小野寺君護著臂彎中的兒子，一再地朝沿途送行的人低頭致意。隨著日子經過，兒子越來越像小野寺君。往後我將成為小野寺君的支柱活下去。然後也希望身、心都片刻不離地陪在心愛的家人身邊。因為人總一天會死去。因為能夠在一起的時間是有限的。

「Cảm Ơn，謝謝！」

已經看不清楚任何人的表情了。海港的輪廓越來越遠。

船終於改變方向，已經再也看不到大家的身影了。現在只剩遠方一個淡淡的、無人島似的模糊島影。但即使如此，我還是一直、一直揮著手。

Love City系列㉟

白色沙灘旁的鶴龜助產院

つるかめ助産院

作者—小川糸
譯者—李美惠
主編—李國祥
董事長
發行人—孫思照
總經理—趙政岷
總編輯—李采洪
出版者—時報文化出版企業股份有限公司
10803台北市和平西路三段二四〇號三樓
發行專線—（〇二）二三〇六—六八四二
讀者服務專線—〇八〇〇—二三一—七〇五
（〇二）二三〇四—七一〇三
讀者服務傳真—（〇二）二三〇四—六八五八
郵撥—一九三四四七二四時報文化出版公司
信箱—台北郵政七九～九九信箱
時報悅讀網—http://www.readingtimes.com.tw
電子郵件信箱—genre@readingtimes.com.tw
法律顧問—理律法律事務所　陳長文律師、李念祖律師
印刷—鴻嘉彩藝印刷股份有限公司
初版一刷—二〇一三年十一月八日
定價—新台幣二八〇元

國家圖書館出版品預行編目（CIP）資料

白色沙灘旁的鶴龜助產院 / 小川糸著；李美惠譯. -- 初版. -- 臺北市：時報文化, 2013.11
面；　公分. --（Lovecity；35）
譯自：つるかめ助産院
ISBN 978-957-13-5850-5（平裝）

861.57　　102021036

ISBN 978-957-13-5850-5
Printed in Taiwan